U0010393

彰化學 029

追尋心靈原鄉
——康原的鄉土書寫研究

章綺霞◎著

晨星出版

【叢書序】

啓動彰化學
——共同完成大夢想

林明德

　　二十多年來，台灣主體意識逐漸抬頭，社區營造也蔚爲趨勢。各縣市鄉鎮紛紛編纂史志，大家來寫村史則方興未艾。而有志之士更是積極投入研究，於是金門學、宜蘭學、澎湖學、苗栗學、台中學、屛東學……，相繼推出，騰傳一時。

　　大致上說來，這些學術現象的形成過程，個人曾直接或間接參與，於其原委當有某種程度的了解，也引起相當深刻的反思。

　　一九九六年，我從服務二十五年的輔大退休，獲聘於彰化師大國文系。教學、研究之餘，仍然繼續台灣民俗藝術的田調工作。一九九九年，個人接受彰化縣文化局的委託，進行爲期一年的飲食文化調查研究，帶領四位研究生進出二十六個鄉鎮市，訪問二百三十多個飲食點，最後繳交《彰化縣飲食文化》（三十五萬字）的成果。

　　當時，我曾說過：往昔，有一府二鹿三艋舺的符碼；今天，飲食文化見證半線風華。這是先民的智慧結晶，也是彰化的珍貴資源之一。

　　彰化一帶，舊稱半線，是來自平埔族「半線社」之名。清雍正元年（1723），正式立縣；四年（1726）創建孔廟，先賢以「設學立教，以彰雅化」期許，並命名爲「彰化縣」。在

地理上，彰化位於台灣中部，除東部邊緣少許山巒外，大部分屬於平原，濁水溪流過，土地肥沃，農業發達，有「台灣第一穀倉」之美譽。三百年來，彰化族群多元，人文薈萃，並且累積許多有形、無形的文化資產，其風華之多采多姿，與府城相比，恐怕毫不遜色。

二十五座古蹟群，各式各樣民居，既傳釋先民的營造智慧，也呈現了獨特的綜合藝術；戲曲彰化，多音交響，南管、北管、高甲戲、歌仔戲與布袋戲，傳唱斯土斯民的心聲與夢想；繁複的民間工藝，精緻的傳統家俱，在在流露令人欣羨的生活美學；而人傑地靈，文風鼎盛，舊、新文學引領風騷，成果斐然；至於潛藏民間的文學，既生動又多樣，還有待進一步的挖掘與整理。

這些元素是彰化的底蘊，它們共同型塑了「人文彰化」的圖像。

十二年，我親近彰化，探勘寶藏，逐漸發現其人文的豐饒多元。在因緣俱足之下，透過產官學合作的模式，正式推出「啟動彰化學」的構想。

基本上，啟動彰化學，是項多元的整合工程，大概包括五個面相：課程設計結合理論與實際，彰化師大國文系、台文所開設的鄉土教學專題、台灣文化專題、田野調查、民間文學、彰化縣作家講座與文化列車等，是扎根也是開拓文化人口的基礎課程，此其一；為彰化學國際化作出宣示，二○○七彰化文學國際學術研討會聚集國內外學者五十多人，進行八場次二十六篇的論述，為彰化文學研究聚焦，也增加彰化學的國際能見度，此其二；彰化師大文學院立足彰化，於人文扎根、師資培育、在職進修與社會服務扮演相當重要角色，二○○七重點發展計畫以「彰化學」為主，包括：地理系〈中部地區地理

環境空間分析〉、美術系〈彰化地區藝術與人文展演空間〉與國文系〈建置彰化詩學電子資料庫〉三個子題，橫向聯繫、思索交集，以整合彰化人文資源，並獲得校方的大力支持，此其三；文學院接受彰化縣文化局的委託，承辦二〇〇七彰化學研討會，我們將進行人力規劃，結合國內學者專家的經驗與智慧，全方位多領域的探索彰化內涵，再現人文彰化的風貌，為文化創意產業提供一個思考的空間，此其四；為了開拓彰化學，我們成立編委會，擬訂宗教、歷史、地理、生物、政治、社會、民俗、民間文學、古典文學、現代文學、傳統建築、傳統表演藝術、傳統手工藝與飲食文化等系列，敦請學者專家撰寫，其終極目標乃在挖掘彰化人文底蘊，累積人文資源，此其五。

　　彰化師大扎根半線三十六年，近年來，配合政策積極轉型為綜合大學，努力參與社區總體營造，實踐校園家園化，締造優質的人文空間，經營境教，以發揮潛移默化的效果，並且開出產官學合作的契機，推出專案，互相奧援，善盡知識分子的責任，回饋社會。在白沙山莊，師生以「立卦山福慧雙修大師彰師大，依湖畔學思並重明德化德明。」互相勉勵。

　　從私立輔大退休，轉進國立彰師大，我的教授生涯經常被視為逆向操作，於台灣教育界屬於特例；五年後，又將再次退休。個人提出一個大夢想，期望結合眾多因緣，啟動彰化學，以深耕人文彰化。為了有系統的累積其多元資源，精心設計多種系列，我們力邀學者專家分門別類、循序漸進推出彰化學叢書，預計每年十二冊，五年六十冊。並將這套叢書獻給彰化、台灣與國際社會。

　　基本上，叢書的出版是產官學合作的最佳典範，也毋寧是台灣學的嶄新里程碑。感謝彰化縣文化局、全興、頂新、帝寶

等文教基金會與彰化師大張惠博校長的支持。專業出版社晨星的合作，在編輯、美編上，為叢書塑造風格，能新人耳目；彰化人杜忠誥教授，親自題寫「彰化學」三字，名家出手為叢書增色不少，在此一併感謝。

　　回想這套叢書的出版，從起心動念，因緣俱足，到逐步推出，其過程真是不可思議。

　　「讓我們共同完成一個大夢想吧。」我除了心存感激外，只能如是說。

·林明德（1946～），台灣高雄縣人。國立政治大學中文博
　士。現任國立彰化師範大學國文學系教授兼副校長。投入民
　俗藝術研究三十年，致力挖掘族群人文，整合民俗藝術，強
　調民俗是一切藝術的土壤。著有《台澎金馬地區區聯調查研
　究》（1994）、《文學典範的反思》（1996）、《彰化縣飲
　食文化》（2002）、《阮註定是搬戲的命》（2003）、《台
　中飲食風華》（2006）、《斟酌雅俗》（2009）。

【作者序】

我家住在河左岸

章綺霞

　　正在準備學測的兒子，有一天拿了他的國文科模擬考題來考我，涑水先生、象山先生、臨川先生、南雷先生、潛溪先生……所指何人？擁有中國文學專業訓練背景的我，面對這些人名字號，不解的探問：「這些要背？」

　　「會考啊！」

　　「那考出來，分數就給他囉！」我無奈的說。

　　中國歷史上的文學家、思想家、史學家多如牛毛，要一個十七歲的高中生，連他們的生平背景、作品思想都還沒搞清楚的時候，背下他們的字號，不知有何意義？都二○一○年了，我們的教育，還要從這些冷僻而鑽牛角尖的「小學」，來決定學生是否有足夠的國文程度上「大學」嗎？

　　此時的我，正著手《康原的鄉土書寫》最後的整理與修潤，書桌上散置著《尋找烏溪》、《尋找彰化平原》、《懷念老台灣》、《八卦山下的詩人‧林亨泰》、《二林的美國媽祖》、《逗陣來唱囡仔歌》等等康原的作品。我懷疑，兒子認識烏溪、二林、彰化平原或者是林亨泰嗎？至少，當年十七歲正準備大學聯考的我，是絕對不知道的，或者更確切的說，三十歲以前，尚未離開台北都會的我，對這些地名與人名是陌生的。

一九九○年，台北的捷運工程，在漫天塵土中揭開序幕，圍籬、工具機、怪手讓原本擁擠的城市，陷入了永無止盡的塞車；加以道路施工，晴天則煙塵四起，雨天又泥濘難行……大台北地區成了世紀末最壯觀的大工寮。就在這一年，我離開了台北。

從台北永和，這個以外省軍公教人口為大宗的城市，來到台中潭子，最大的挑戰來自於語言與日常生活習俗：我開始用生澀的河洛語與人溝通，了解台灣鄉間凡事翻黃曆的生活習慣，年年參與清明的掃墓活動（我從未有過掃墓的經驗，父親十七歲隻身來台，也無墓可掃），見識到使用民間偏方與中藥治病或進補……進入這個曾經在潭子是大戶的家族，我開始從各個層面認識除了台北或者說是外省族群以外的台灣。

一九九○年代的台灣文化場域，本土意識逐漸明晰，不但整個台灣社會進行著國族認同典範的更替，也是我個人在台灣文學領域重啟探索的階段，在大專院校的教學工作，也開始以台灣作家的在地書寫為教材，帶領學生認識在歷史縱深與地理空間中的台灣，既陌生又親切的台灣。

二○○三年，我任教的學校——修平技術學院，聘請詩人吳晟為「駐校文學家」，因而有機會近身接觸這位來自彰化鄉間的作家，無論作品或人格風範，都給予我許多重新思考人與土地關係的啟發，尤其二○○二年完成的《筆記濁水溪》，感慨家鄉子弟對流過鄉土的河流一無所知，驚異於國民教育的疏離現實；這種窘況，時至今日，似乎仍未改善。事實上，台灣到底有多少溪流河水？中部的大安溪、大甲溪、烏溪、濁水溪的南北位置，如何排列？對生於斯、長於斯的我以及我的兒子而言，恐怕都是極為模糊的認知，遑論好好尋訪一條河流的歷史文化。

彰化學

吳晟的《筆記濁水溪》，對我而言，更是學術研究方向新的啓發，我開始試著探討台灣地理空間與歷史記憶的河流書寫，因而從二〇〇四年起陸續發表相關論文：〈解構與重塑——論《筆記濁水溪》的在地社會史與自然史書寫〉、〈傷逝·顯影·重塑——論《母親的河》的歷史書寫〉、〈建構烏溪鄉土史——論《一條河的生命史－尋找烏溪》的鄉土史書寫〉以及〈以書寫建構鄉土：濁水溪流域作家的鄉土書寫（1970～2000）〉等；這些論文寫作的背後，其實是我自己重新認識台灣河流的過程，吳晟的濁水溪、林文義的淡水河、康原的烏溪，乃至鄉土文學運動以來的濁水溪流域，透過文學家心靈之眼的帶領，我像個遲來的造訪者，更像個補修台灣鄉土學分的中學生。

康原就是這個階段認識的作家，在鄉土書寫上筆耕不輟的他，是一位可敬的文史工作者，孕育自土地的活力與能量，無論著述講學、待人接物，都展現出熱情爽朗的率眞性情。一九九〇年代開始，幾乎年年有作品產出的康原，作品涵蓋報導文學、台語詩歌、人物傳記，甚至跨界詮釋不同領域的藝術創作（如余燈銓的雕塑、不破章的水彩畫、許蒼澤的攝影等等）；在他的作品中，我看到了作家對於自幼生長的土地，藉由地方文史的尋根溯源與田野調查，進而探索自我生命歷程的企圖；並由庶民生活史、在地社會史、在地自然史的書寫角度，賦予自己生息所依的土地人民新的定義。

康原尤其熱心於地方文史地景的建構，八卦山文學步道就是他與一群文學工作者努力奔走的成果。許多時候，他爲一批批學子們導覽八卦山文學步道，如數家珍的講解賴和及彰化文學家的作品，烈日下晶瑩的汗水與他閃耀著光芒的眼神，相互輝映。

康原帶給我另一個生命的意外驚喜，是與大學時代現代文學的啓蒙老師——林明德教授再次相遇。時隔三十年，林老師仍對台灣文學洋溢著滿滿的熱情與夢想，幾次在八卦山上的相聚餐會，座中的林老師，豪情暢談彰化學的出版計畫、彰化文學館的建構，眼神中亮著動人的光采，與三十年前邀請黃春明到學校講談「鄉土文學」的熱情，絲毫未曾稍減，仍然令人感動。

透過康原鄉土書寫的研究，我也開始探求我生命中的溪流。如同濁水溪之於吳晟、烏溪之於康原，流經我成長之地永和的新店溪、淡水河，乃至今日的旱溪、大里溪，都曾在我的生命歷程中留下美麗而不可磨滅的風景。雖然物換星移，景物人事皆已非，但是這些烙印在生命地圖中的風景，將是心靈富足的活水源頭。

下一次，當兒子苦於國文科考題的枝微末節時，我該帶著他散步至旱溪堤畔，告訴他說：「看！我們家住在河左岸。」

彰化學

【目錄】 contents

第一章　緒論：鄉土書寫的時代風潮

　　解嚴之前，「台灣」一直是個禁忌。在島內，她與所謂台獨分離主義畫上等號，是「叛亂者」的代名詞；在國際上，她妾身未明，始終曖昧的屬於「一個中國」，除了「台灣」，各式各樣的名稱，多到連自己都說不清。一九八七年解嚴後，本土意識日益高漲，族群尋根的意願，也隨之提高，有關台灣的研究與書寫，從過去隱而未現的細水長流，終於如滾滾浪潮，席捲而來，舉凡歷史地理、鄉土民俗、自然生態等等「研究台灣」、「書寫台灣」，在政治改革、社經變遷和文化反省等各種力量相互激盪下蔚爲大觀，「台灣」的面貌才得以走出禁忌，逐漸清晰起來。

　　一九九〇年代，是一個「認識台灣」、「發現台灣」全面覺醒的年代。在官方，一九九四年，教育部通過國小增加鄉土教學活動，國中增加「認識台灣」的課程，雖引起統獨兩派關於歷史詮釋的論戰，[1]卻顯示官方已從大中國的歷史論述，轉而注視台灣本土歷史教育的建構；一九九六年，教育部核准台南師範學院成立「鄉土文化研究所」，一九九七年，第一所「台灣文學系」在眞理大學成立，台灣文學、鄉土文化終於得以進入學院，成爲正式的學門。此外，中央研究院於一九九八

1　典型的反對意見，參見「夏潮網」「認識台灣歷史教科書參考文件」，「夏潮網」將此事界定爲「李登輝與一些在朝學者推動多時的『竄改國中認識台灣歷史教科書』事件」。www.china-tide.org.tw/history/knowtw_main.htm。

年成立「台灣史田野研究室」，陸續出版《台灣平埔族研究書目彙編》（1988），《台灣漢人移民史研究書目》（1989）、《台灣民間信仰研究書目》（1991），並於一九九三年成立「台灣史研究所籌備處」。一九九〇年代，台灣史的重塑與建構、台灣文學的研究與論述，隱然成為官方、學術界的顯學。

　　相對於官方、學術界，民間「尋找台灣」的生命力更為蓬勃。成立於一九七三年的「雲門舞集」，於一九七八年以「薪傳」舞出了台灣移民渡海來台的強勁生命力，成為一九七九年台美斷交期間，最有力的時代之聲；一九七九年，許常惠（1929～2001）創辦「中華民俗藝術基金會」，成員包括學者專家與企業家，以「維護民俗藝術，傳承民間藝人的精湛技藝，提高民俗文化的學術價值，藉以充實精神生活。」為理念，而以調查、研究、保存、傳習的具體行動，為台灣民俗注入活力。[2] 而出版界，早在一九八二年成立的前衛出版社，是一九八〇年代以來最具本土特色的出版機構，在戒嚴時代，就以台灣本土文學為出版大宗，策劃出版「台灣文史叢書」、「新台灣文庫」、「台灣研究叢書」，並結合台灣作家創辦《台灣新文化》雜誌，接辦台灣前輩作家吳濁流所創刊的《台灣文藝》雜誌，一九九〇年策劃出版「台灣作家全集」，更是台灣新文學發軔以來劃時代集大成的創舉。[3] 一九八九年，台原出版社創立，秉持為台灣文化承傳薪火的使命感，大量出版台灣歷史、文化、風土叢書，如「協和台灣叢刊」、「台灣智

2　林明德，〈締造台灣文化奇蹟〉，收錄於《締造台灣文化奇蹟——財團法人中華民俗藝術基金會三十週年特輯》，台北：中華民俗藝術基金會出版，2009，頁20。

3　陳芳明，〈後戒嚴時期的後殖民文學——台灣作家歷史記憶之再現〉：「向台灣的歷史尋根，在後戒嚴時期最明顯的一個事實，莫過於日據時期台灣作家全集的大量出版。這些史料的出版，對作家歷史記憶的再建構有相當大的幫助。」文末註釋羅列多位學者編輯之作家全集，皆於1990年代以後出版。參見《後殖民台灣——文學史論及其周邊》，台北：麥田出版，2002，頁113。

慧叢刊」等，甚至向下扎根至青少年及兒童讀者群。一九九一年歲末，《天下雜誌》以「發現台灣」為標題製作專刊，成為文化新聞界的大事；[4]一九九五年，「玉山社」出版社創立，以「創造台灣文化尊嚴」為宗旨，出版台灣人文、歷史、自然書籍，把台灣最寶貴美好的各種面貌，藉著文字與圖像，記錄、保留下來，讓生長在這塊土地的台灣人，認識台灣；同年，常民文化出版社成立，以「疼惜人跟土地，重建常民文化」、「人和土地的文化就是常民文化」的理念，策劃「台灣族群誌」、「台灣風土誌」、「台灣地方誌」、「台灣自然誌」、「台灣平埔族」、「原住民民族誌」等叢書出版，並從二〇〇〇年開始製作台灣紀錄片，包括公共電視「台灣地平線」、文建會「鄉鎮文化誌」等系列節目。

凡此文史出版盛況，不僅顯示台灣主體意識追尋勢不可擋，更顯現源自民間力量尋求台灣文化與台灣精神的迫切渴望。

與此同時，許多民間文教基金會亦致力於本土文化的發掘與根植，如「吳三連台灣史料基金會」，於一九九三年出版第一本有關台灣史的專業期刊《台灣史料研究》，並對外開放「台灣史料中心」；一九九四年，宜蘭「慈林文教基金會」成立慈林圖書館，專事台灣社會運動史料蒐藏；同年，台灣新文學之父賴和百年誕辰，「賴和文教基金會」成立，設立賴和醫療服務獎與文學獎，積極舉辦各種文學講座與文學活動，次年於賴和先生早年診所原址，成立賴和紀念館，館藏完整賴和遺物、藏書、字畫、手稿及相關文獻資料，並陸續蒐藏、展示彰

4　邱貴芬，〈發現台灣：建構台灣後殖民論述〉：「『發現台灣』似乎是一九九二年台灣政治文化的一個熱門話題。《天下雜誌》一九九一年歲末的一本專刊以「發現台灣」為標題。既謂『發現』，顯然台灣過去一直處於被遺忘的狀態。」參見《仲介台灣‧女人：後殖民觀點的女性閱讀》，台北：元尊文化，1997，頁154。

化地區作家之手稿文物；此外，各縣市文化中心的老照片展覽也在一九九〇年代如野火燎原般展開，這些屬於古早台灣影像的老照片紛紛出土，重見天日，召喚並見證了長久之間圍於歷史因素而有意被淹沒遺忘的過去。

這一切溯源的努力，表達了對群體往事記憶的強烈飢渴，也以庶民的觀點，重新詮釋台灣人民在這塊島嶼上奮鬥的歷史，重塑台灣形象。

在這樣的風潮下，各地先後成立的在地文史工作室也如雨後春筍般崛起。過去，鄉土史研究被學界所忽略，認為那只是業餘的民間文史工作者或鄉土史家基於在地之便所做出來的「資料」而已，難登大雅之堂，但是此刻台灣本土意識風起雲湧之際，鄉土史卻是認識台灣最直接而親切的教材。因此，原本對台灣本土文化默默耕耘的一群文史工作者，透過政府政策直接或間接的鼓勵，不僅致力於田野調查與在地鄉土史、庶民史的蒐集與書寫，更開始積極參與「社區總體營造」與各地文藝季的承辦工作，並以社區關懷、文史探索、地方文物館藏與研究、社區總體營造、原住民族群工作、自然人文生態研究、鄉土文化藝術、文化資產保存維護等工作目標，建構、重塑台灣的面貌，台灣鄉土史書寫的風潮就在這樣的時代氛圍中日漸波瀾壯闊。

所謂鄉土史，在傳統史學分類中屬於「雜傳」，頂多是史學的旁支，不能與講述歷朝興替的正史或典章制度的政書相提並論，正如西方的鄉土史也面臨政治史、外交史、制度史或教會史等正統史學的排擠，鄉土史處於邊緣的地位，中西皆然。但是按照一九六〇年代英國第一位鄉土史學者芬柏格（H. P. R. Finberg）的說法，「一個鄉土史家不但是一位考古家，也是一位地理學家；不但觀察當前地方的開發，還要透視地理景觀的變化。一個鄉土史家不但要查索圖書館的圖書以及官方的檔

案，還要走出戶外從事田野調查。他不但是一個經濟史家，由於人不能只靠麵包過日子，故也同時是一個藝術史、教育史和宗教史的學者。總之，他要能從傳統走到現代，是一個重建社會生活之全史的史學家。」[5]

由此觀之，鄉土史是一門跨領域的學問，內容涵蓋環境、社會與文化三大領域，這與傳統史學視鄉土史爲地方誌，屬於所謂道聽塗說的稗官野史、難登大雅之堂的觀點大異其趣。

事實上，鄉土史所關注的是：「什麼樣的人在特定的環境、有限的資源，以及各種人爲的牽制中，創造了大家現在生活的這套文化？……而這套文化是與日常生活（daily life）繫連在一起，自生產技術、商貿信用、衣食住行、衛生保健等物質生活，醫療生命、傳統民俗，以至生死觀、財富觀等心態，結合成爲有機的、全面的研究體。」[6] 從這樣的觀點來看，鄉土史是一個活生生的歷史，是一個具體可感知的世界，他傳達了在地的歷史人物、民間風俗、自然生態、地表景觀、建築藝術、宗教祭儀、耆老傳述等等不同的信息，這些信息是最親切、最生活化的，使人在其中體會到個人在時間洪流與空間網絡中的位置，從而體認到歷史不是那麼遙遠不可企及，我們也都是歷史中人。

從文學書寫歷史的脈絡來看，一九七〇年代的鄉土文學論戰，開啓了台灣主體性的思維，引發一系列國族認同、國家定位討論的議題。一九七九年美麗島事件之後，戒嚴體制鬆動，以台灣爲主體的論述，隱然蔚爲潮流；一九八〇年代之後，台灣歷史、文化與身分認同的重建，逐漸成爲台灣社會和文化論

5　Finberg，〈The Local Historian and His Theme〉，徵引自杜正勝，〈鄉土史與歷史意識的建立〉，《國立中央圖書館台灣分館館刊》第三卷第四期，1997，頁1-9。

6　杜正勝，〈鄉土史與歷史意識的建立〉，《國立中央圖書館台灣分館館刊》第三卷第四期，1997，頁1-9。

述界的一大工程；一九九〇年代至今，日漸清晰的台灣面貌，在自然、歷史、人文、社會等多元書寫與紀錄中逐漸浮現。

　　康原（1947～），身為彰化的文史工作者，正是受到鄉土文學論戰的啟蒙，自一九八〇年代後期起，二十多年來，以報導文學、台語歌謠創作、人物傳記等文學形式，型塑／建構彰化在地人文面貌，舉凡文史精神、民俗傳說、民間歌謠、宗教信仰、民風土俗等書寫報導，皆是基於身分認同、土地認同的使命感，不斷經由「再現、加工、轉換、建構現實」[7]的文學形式，呈現家鄉彰化的面面風情。

　　康原作品，無論是個人詩歌創作、報導文學、人物傳記、田野調查，或是與施福珍合作找回失憶已久的台灣囡仔歌、與

7　向陽以為，報導文學的本質包含「再現、加工、轉換、建構現實」；參見向陽，〈再現現實：談報導文學的寫作〉，人間福報，2005/11/13，www.merit-times.com.tw. All rights reserved。

學者胡萬川進行民間文學採集、與攝影家許蒼澤踏查拍照紀錄，皆從各種不同角度，透過翻查閱讀文獻、拜訪地方耆老、如實田野調查，持續書寫彰化地區文學歷史、鄉土民俗，從而有了可觀的成績。通過這些作品，康原所型塑建構的彰化，不僅是眼前當下所見地理空間上的彰化風貌，更是透過歷史縱深所架構的人文彰化，是庶民精神的彰顯，也是文學精神的傳承；這些作品，不僅生動的呈現出彰化地區平民百姓尋常生活的圖像，也建構出豐富的彰化人文地圖。

彰化學

第二章　康原的鄉土書寫之路

　　康原（1947～），本名康丁源，彰化縣芳苑鄉漢寶村人，自一九七〇年代開始文學創作，以抒情散文為主；一九八〇年代以後，受鄉土文學論戰的啟發，寫作方向回到土地與人民，有自覺的從事鄉土歷史及文化的追尋與回溯，開始走向報導文學之路；一九九五年自彰化高工退休後，任職賴和紀念館館長，積極舉辦各種文學講座與文學活動，並陸續蒐藏、展示彰化地區作家之手稿文物；一九九六年成立康原文史工作室，不僅持續從事彰化地區鄉土文史的書寫與紀錄，更實際參與彰化地方文化建設的工作；一九九〇年代末期以至於今，寫作文類涉足於台語詩歌、鄉土人物傳記等，在不間斷的鄉土書寫中，追尋自我心靈原鄉。

　　康原作品，從一九七〇年出版的第一本散文集《星下呢喃》至一九八四年的《明亮的眸》，以抒情寫作為主；[1] 這些作品，論者的評價並不高，林雙不就說：「他行文態度比較草率、用字遣詞有欠準確、見事角度過於主觀；他的小說，結構不夠完整，情節不夠合理，人物不夠生動，對話不夠自然；他的散文，容易讓人誤會他的年紀；他的評論，批判的敏銳和說理的圓熟也有待加強。然而籠統地看，他的作品卻也不乏豐

1　至1984年為止，康原早期的抒情作品有《星下呢喃》（1970）、《霧谷散記》（1977）、《煙聲》（1978）、《生命的旋律》（1979）、《明亮的眸》（1984）以及評論集《真摯與激情》（1982）。

富的情感和旺盛的生機，狀物寫人記事的一些片段，都有可觀！」[2]；對於康原早期的抒情散文，王灝亦持相近評價：

> 從出版第一本《星下呢喃》起到《生命的旋律》、《霧谷散記》再到《煙聲》，可以說是康原創作生涯的大半歲月紀錄，也可以說是康原青春歲月所投注所努力的幾本成績冊，在這幾本散文創作的成績冊裡，康原所投注入的是一種極端抒情，至爲感性的吟風情性，這段時期的文章裡頭，充滿的是康原個人的所感、所懷、所思、也就因爲這種創作取向，使得康原長期圍於自我的小小情性世界裡，陷入一種固定的創作型態中，而且這一段時間維持了很久，最後終於成爲康原創作上的一種侷限，而幾度想要去突破去跨越，總是因爲既定的型制拘限，而無法破繭而出，甚而成爲康原的一種焦慮根源。[3]

一九八四年的《明亮的眸》這本散文，內容雖不脫離風花雪月，但屬於鄉土懷舊的抒情文字，已經開始萌芽，開啓了康原未來寫作方向的序曲。在《彰化縣文學發展史》中提到：

> 《明亮的眸》裡頭，除了寫花、寫酒、寫春、寫愛情，還有很大一部份是康原故鄉瑣憶，以及一個離鄉遊子對親人臉顏的憶念。……文字極之素樸有情，與前此單純的心靈律動不大相同，是滿注著款款深情的鄉土之呼喚，雖然並非批判性的文字，但卻自然而然就是不經包裝的鄉土，將這些文字放在七○年代鄉土文學的流脈中，也顯得十分貼切。[4]

2 林雙不，康原《最後的拜訪》序，台北：號角，1984。
3 王灝，〈從吟風到采風〉，收錄於《最後的拜訪》，台北：號角，1984，頁196。
4 施懿琳、楊翠合撰，《彰化縣文學發展史》，彰化，彰化縣文化基金會出版，

　　開啓康原另一段豐富的寫作生涯的散文集是一九八四年出版的《最後的拜訪》，這本介於抒情文藝與報導文學之間的散文集，封面標示「一個作家對民風民物的衷心探訪」；康原以家鄉彰化爲中心，走向土地人民，紀錄踏查見聞與心得，無論是報導文學的訪談紀錄，或是個人情感的憶往懷舊，字裡行間充滿庶民生活中往往視而不見的人事物，大至祠廟老厝、圳埤水利、民間戲曲，小至碑石、古井、蔗園、米粉寮、花蛤仔園……，康原走進眞實的鄉土，以細膩的心，觀察紀錄台灣本土的事物，林雙不以「一種塡補歷史空白、塡補地理空白、甚至是塡補台灣住民情感空白的工作」[5] 形容這本書的價值，點出了康原寫作風格的轉捩點。林雙不也分析了康原此時報導文學的書寫風格：

《最後的拜訪》是康原由抒情轉爲報導文學的重要作品。

　　1997，頁412。
5　林雙不，康原《最後的拜訪》序，台北：號角，1984。

康原的報導和一般的報導文學不同，風格很特殊，有一種獨特的、源自感性的溫暖。……細讀《最後的拜訪》，我明顯看出他內在小宇宙中有台灣，有他鄉土的愛……他要和讀者朋友了解的，是台灣寶島自古以來的美麗與可愛，他要和讀者朋友分享的，是台灣寶島綿密濃烈的真愛與摯情。[6]

從《最後的拜訪》出版之後，康原的寫作風格與方向不變，進入報導文學、鄉土史書寫的領域，開始與生長的土地——彰化結下不解之緣。一九八四年以後，本著鄉土之愛，康原長時間投入鄉土觀察、探尋、紀錄與書寫，而有了相當豐富的作品，在報導文學、台語詩歌、囡仔歌謠、人物傳記等多元領域，開創他的鄉土書寫之路。

一、從田野調查到報導文學書寫

從早期「抒情敘懷卻又不免流於掛空的書寫型態」[7]的散文寫作，到落實於台灣本土，致力於鄉土史的寫作，康原自述其啟蒙來自於一九七七年前後的鄉土文學論戰：

直到一九七七年左右，台灣鄉土文學論戰發生，我意識到台灣教育的錯誤，台灣人在此種教育制度下的迷失，於是我希望能去了解先民開發台灣的經過，知道祖先如何在這塊土地生活。[8]

回顧台灣歷史，歷代統治者不論是荷蘭、西班牙、日本，

6　同上注。
7　施懿琳，《尋找彰化平原》序，《尋找彰化平原》，台北：常民文化，1998。
8　康原，《尋找彰化平原》自序，台北：常民文化，1996，頁10。

或是鄭、清帝國，乃至於戰敗來台的國民政府，都使台灣歷史染上殖民地性格。台灣歷史的解釋權一直掌握在當政者的手中，時代不同，官方說法也不同。一九四五年國民政府接收台灣後，台灣的歷史文化教育從日本皇民化轉變爲國民政府的中國化，台灣歷史再次被統治者漠視、摒棄，台灣文化淪爲次等文化，台灣人的身分認同更形錯亂。一九七〇年代末期的鄉土文化論戰，是文學路線之爭，更是一個國族認同、身分認同的論戰，啓發了許多作家從遙不可及的中國歷史文化中，開始轉而注視腳下的鄉土文化以及邊陲化的台灣歷史；康原因而體會到：

> 歷史必須以土地上的人民生活爲主軸去了解，比較確實；沒有土地的歷史感覺就如空中樓閣，虛無飄渺。四十多年來，站在台灣卻學習中國歷史與地理，反而漠視賴以生存的這塊土地，使台灣人民永遠不覺得台灣先民的偉大，對土地任意踐踏、破壞，永遠不會去珍惜它！。
>
> （〈走過貓羅溪底〉，《一條河的生命史——尋找烏溪》，頁76）

事實上，以台灣主體意識來看，解嚴之前的幾十年，政府將台灣視爲大中國的一部分，壓抑並貶低台灣本土文化，對此，人類文化學者林美容在一九九六年就提出台灣主體的觀點：「中國文化只是形成台灣文化要素的一部分，台灣本土文化自有其獨特性。因爲台灣歷經荷蘭、清朝、日本、國民黨政權的統治，有外國及大陸帶來不同的文化，在台灣特殊的環境中孕育出我們本身的特色」；[9] 亦如張炎憲所說，「台灣歷史的重新詮釋和台灣文化的重建，須脫離中國的規範，才有可能

9　林美容，《台灣文化與歷史的重構》，台北：前衛，1996，頁213。

超越中國文化，創新自己的文化」；[10]試看康原的相關陳述：

> 時間流逝與空間的變化，已經很難讓後人從土地上尋找出先祖們「灑熱血、揮汗淚」的具體或正確地點，又我們的教育單位也不肯給子孫「台灣歷史」的正確認知，如何能建立起對台灣這塊土地的疼惜之情呢？我常常想──歷史文化是一種人類的認知系統，文化是一群人共同生活下所產生的習慣或規範，經過歷史的沈澱與留存所產生的精神主體。缺乏歷史認同的族群，產生不了自己的文化。台灣四百年來，多在異族統治之下，學習別人的歷史，這些統治者的更遞，已經使台灣人失去自己的靈魂，無法從自己的土地上成就自己的文化，這是最大的悲哀。如今，我們踩在自己土地上，走過我們的山岳、走過我們的河川，透過人與自然的接觸，人與人的互動，必須了解先祖是如何走過建設家園的艱辛，我們要記住祖先的生活經驗。
>
> （〈溪畔沉思〉，《一條河的生命史──尋找烏溪》，頁63-64）

在《漢寶園之歌》中，康原也提到了他從追尋自我身世到尋找鄉土歷史的心路歷程：

> 一九六五年我從秀水高工畢業後，準備提前服兵役，偶然發現父親康天權身分證父母欄登記其父名：嚴廷，母名陳縈，感到相當迷惑。從小，腦海中的祖父姓康，怎麼父親的爸爸卻姓嚴？父親從來沒有提過這件事，我心想該要去了解自己的身世，去追溯自己的血緣關係……從此以後「永靖」、「番挖」、「漢寶園」成了我心中深刻的記

---

10 張炎憲，〈台灣史研究的新精神〉，收錄於《台灣史論文精選上》，台北：玉山社，2001，頁26。

憶，這些地名觸動我想去了解祖先與這些地方的關係，我也希望能去永靖尋找自己的血緣。

永靖、番挖、漢寶園這些地方，雖然有點血緣牽繫，甚至是自己的出生地，但對我確實沒有概念，於是我想要去了解，但地方歷史、地理的文獻資料實在非常缺乏，一直找不到相關的歷史資料。從那個時候開始，我就想以後有機會要為自己生活的土地，建構出一部完整的歷史。

（《漢寶園之歌》，頁15-16）

透過一步一腳印的田野調查，康原從故鄉彰化出發，展開他「尋找」自我與「追蹤」台灣鄉土歷史的寫作之路，二十多年來，累積報導文學作品近二十部，包括《一條河的生命史——尋找烏溪》（1996）、《尋找彰化平原》（1998）、《台灣農村一百年》（1999）、《野鳥與花蛤的故鄉》（2005）、《追蹤彰化平原》（2007）等代表作。

從《一條河的生命史——尋找烏溪》至《追蹤彰化平原》，康原從故鄉彰化出發，經由一步一腳印的田野調查，踏上鄉土史的寫作之路。

二、從台語詩歌到囡仔歌謠的創作

除了報導文學，康原在台語詩歌與囡仔歌謠的創作上，也不遺餘力。他將鄉土歷史故事或民間傳說，融入他的台語詩歌與囡仔歌謠的創作中，包括風土民情、俚語諺語、古蹟傳說、鄉土歷史乃至常民生活、自然生態等等，因著長期田野調查與鄉土書寫的背景，康原皆能順手拈來，琅琅入詩。

康原在秀水農校五年制綜合農業科就讀時期的音樂老師施福珍（1935～），是引領他走入音樂世界的啓蒙人；之後至彰化高工服務期間，又與音樂家李景臣先生學習管樂並擔任彰化高工管樂指導老師十二年，更加強其音樂素養，成爲日後台語詩歌、囡仔歌謠創作的泉源。

創作無數膾炙人口囡仔歌謠的施福珍，對康原的啓蒙尤其至爲深遠。當時，說國語運動正如火如荼推展，校園裡不准學生講台語，但施福珍的音樂課，卻教唱台灣民謠，無視旁人的批評與指責，告訴學生「要以鄉土音樂爲根，以音樂培植本土精神」。[11]

對一九六〇年代處於戒嚴時期、正值中學階段的康原而言，施福珍教唱台灣民謠的音樂課，以鄉土音樂爲根的理念，不啻是一種另類的叛逆精神，埋下日後康原鄉土書寫的種子，對其台語詩歌與童謠創作影響甚深，更給予本土文化認同的深刻啓蒙。

一九九三年，在中華民國青年企業社邀請下，康原開始演講「咱來唸歌詩」；在彰化縣文化中心書香之旅活動中，以「書香、故事與童歌」爲題，作了三十場的講座；爾後擔任國立中央圖書館「台灣文化系列」巡迴講座，講「傳唱台灣文化」與「說唱台灣囡仔詩歌」，在說說唱唱中，康原不僅重現

---

11 康原，〈走出寂寞坎坷的路—施福珍的童謠世界〉，《台灣囡仔歌的故事》前言，台北：自立晚報，1994，頁10。

台語囡仔詩歌之美，也激發了他內在創作的慾望，進而開始為日益疏離本土童謠的兒童們，創作屬於在地鄉土的囡仔歌謠，有意識的將台灣這塊土地上的事物，尤其是語言，透過詩歌傳唱，以期薪火相傳，如同《八卦山》自序所說：

> 惟開始書寫台語詩寫到差不多十多年，寫無幾首詩。這幾年來，為著推廣「台灣囡仔歌詩」，惟詩中去認識台灣，四界去縱去作演講，攏愛講台語，亦開始寫一寡囡仔詩來教囡仔念，發見著用念詩歌來學語文是上緊，也上會發生趣味。[12]

康原因長期關注鄉土歷史、民間傳說或自然生態，創作囡仔歌時，總能信手拈來、琅琅入詩。

---

12 康原，〈唸詩識土地，唱歌解憂愁〉，《八卦山》自序，彰化市：彰縣文化局，2001，頁24。

一九九四年，康原與音樂啓蒙老師施福珍合作出版《台灣囡仔歌的故事1、2》（自立晚報）系列作品，連續得到兩屆金鼎獎的肯定，之後陸續創作、編寫的台語詩歌與囡仔歌謠作品有：《囡仔歌教唱讀本》（晨星出版社，2000）、《八卦山台語詩歌集》（彰化縣文化局，2001）、《台灣囡仔歌謠》（晨星出版社，2002）、《不破章水彩畫集（台語詩集）》（頂新文教基金會，2005）、《台灣囡仔的歌》（晨星出版社，2006）、《逗陣來唱囡仔歌Ⅰ——台灣動物歌謠篇》、《逗陣來唱囡仔歌Ⅱ——台灣民俗節慶篇》、《逗陣來唱囡仔歌Ⅲ——台灣童玩篇》、《逗陣來唱囡仔歌Ⅳ——台灣植物篇》（共四冊，晨星出版社，2010），以及與路寒袖等人共同創作的《六〇年代台灣囡仔－童顏童詩與童歌》等。

三、以人物傳記建構台灣精神

康原早期人物傳記有：《眞摯與激情》（1982）、《作家的故鄉》（1987）、《文學的彰化——彰化縣新文學作家小傳》（1992）、《鄉土檔案》（1993），這四部作品大都呈現彰化地區作家如林亨泰（1924～）、吳晟（1944～）、洪醒夫（1949～1982）、林雙不（1950～）、宋澤萊（1952～）、李昂（1952～）等人的訪談、傳記與文學觀，試著梳理「鄉土」對作家生命的啓迪與影響；如同岩上（1938～）在《作家的故鄉》序文中所說，康原的書寫基調在於「文學要從鄉土出發，終歸而落於鄉土」：

康原有意從本土作家群中詳細介紹他們的家鄉故里，來探討作家成長的歷程，就已有了強調文學與鄉土息息相關的契機，這是一項明顯的導向，說明了文學要從鄉土出發，

彰化學

終歸而落於鄉土。

（《作家的故鄉》，頁5）

　　康原的創作熱情促使他的作品不斷產出，詩人蕭蕭（1947～）對此型塑彰化典範人物的熱忱與努力，抱持肯定的態度，但也指出其論述深度不夠，廣度不足，未顯格局等缺憾。[13]

　　二〇〇二年，康原受託爲彰化全興企業董事長吳聰其（1930～2001）立傳，再次開啓他人物傳記的寫作之路，從《總裁的故事》（2003）、《八卦山下的詩人‧林亨泰》（2006）到《二林的美國媽祖》（2008），康原所寫的仍是彰化地區的典範人物，除了林亨泰是他早年就關注的焦點之外，

《文學的彰化》書中，即可看出康原撰寫人物傳記基調在於「文學要從鄉土出發，終歸而落於鄉土」。

彰化學

13　蕭蕭，《土地哲學與彰化詩學》，台中：晨星，2007，頁150。

《總裁的故事》寫企業家吳聰其一生的奮鬥史，《二林的美國媽祖》寫傳教者瑪喜樂（1914～2007）在彰化的奉獻之路，皆延續其鄉土書寫的一貫理念；康原在《人間典範全興總裁》的自序中便說：

> 由「飼牛囡仔到董事長」的奮鬥歷程，也見證了近百年來，台灣社會變遷的風貌；位台灣社會保存一段歷史，我相信從個人生活史的書寫，可以從小個人看見大社會……由個人生活史的書寫，發展爲家庭生活史或社區生活史的紀錄，來形成撰寫常民的生命歷史，先由點開始到線而面，織成一部台灣社會的生活史。把這些屬於個人生活面貌，留給後代子孫，讓子子孫孫知道祖先如何在這塊土地上披荊斬棘，以後研究各類歷史的史學專家，也可以藉由這些常民的生活史中，去建構台灣的歷史。[14]

透過人物傳記寫作，建構台灣歷史，進而傳承台灣精神，正是康原二十多年來獻身鄉土書寫的具體實踐。

如同吳聰其的奮鬥，見證了台灣企業發展史，林亨泰也見證了台灣詩史的發展與變革，康原的《八卦山下的詩人·林亨泰》不僅爲林亨泰立傳，也將他素來所熟悉的彰化在地的歷史地理，融入其中，康原說：「八卦山是彰化人溫馨的意象，林亨泰是台灣文學重要的作家，現代詩史發展的見證者，其詩名當與八卦山相互輝映。」[15]

《二林的美國媽祖》的書名，已然透露在這本人物傳記中，康原將延續其早期鄉土史書寫的寫作策略，因此，透過鄉

---

14 康原，〈從飼牛囡仔到董事長〉，《人間典範全興總裁》，台中：晨星，2007年出版，即爲2003年出版的《總裁的故事》。
15 康原，《八卦山下的詩人·林亨泰》自序，台北：玉山社，2006，頁7。

土文獻資料的旁徵博引、穿針引線，藉以彰顯人物與土地環境的關係，尤其是與彰化地區的歷史社會關係，都成為康原的寫作重點。

　　綜觀二○○二年以來三部人物傳記，企業家吳聰其深耕鄉土的創業精神，文學家林亨泰「定位鄉土」的文學創作，宗教家瑪喜樂奉獻鄉土的無私大愛，康原的人物傳記所呈現的，仍是其鄉土書寫的一貫主題：建構台灣歷史，傳承台灣精神。

第三章　報導文學中的庶民生活

一、康原與報導文學

　　報導文學在一九七〇年代的出現，向陽認為，最重要的原因是台灣被孤立在國際社會之外，知識份子急切的想改革社會、解決社會問題，想要主持社會公道的具體作為；[1]須文蔚也認為，在特定時空背景之下，報導文學成為現實變遷最有力的推動者；[2]楊素芬的研究亦指出，就社會變遷來看，一九七〇年代報導文學所關切的議題與貧富差距、人口遷移、城鄉差異等問題環環相扣，就文學思潮來看，報導文學雖未高舉現實主義旗幟，卻無可置疑的深具關懷現實社會的理念。[3]

　　由此可見，報導文學的意義在於，知識份子開始走向自己的土地與社會，將熱情與理想匯聚成道德勇氣，帶著使命感，書寫這塊土地上與自己最切身的人事物；一九七〇年代報導文學的興盛，並不僅僅是單純的寫實主義復甦，而是服務於現實人生的良心作業，文字工作已經不是純粹的創作，更包含了追求真實與推動社會改革的目的性。

　　康原從事彰化地區的鄉土文史書寫紀錄工作，始於一九八四年《最後的拜訪》，至今已有二十餘年經驗，並於

1　向陽，〈再現現實：談報導文學的寫作〉，人間福報，2005/11/6，www.merit-times.com.tw All rights reserved。

2　須文蔚，〈報導文學在台灣，1949-1994〉，《新聞學研究》第五十一期，政大新聞研究所，1996年7月。

3　楊素芬，《台灣報導文學研究》，台北：稻田，2001，頁89-90。

一九九六年成立文史工作室。透過報導文學，康原勾勒家鄉彰化多元人文面貌，完成作品包括：《作家的故鄉》（1987）、《文學的彰化》（1992）、《鄉土檔案》（1992）、《一條河的生命史——尋找烏溪》（1996）、《芳苑鄉志文化篇》（1996）、《尋找台灣精神》（1997）、《尋找彰化平原》（1998）、《八卦山文史之旅》（1999）、《社區的魅力》（1999）、《在地視野島嶼情》（1999）、《台灣農村一百年》（1999）、《彰化縣民間文學》（2000）、《閱讀彰化孔廟》（2001）、《彰化半線天》（2003）、《花田彰化》（2004）、《野鳥與花蛤的故鄉》（2005）、《追蹤彰化平原》（2007）等。

《花田彰化》是透過作家之眼，看見知性彰化的人文導覽地圖。

以下試就知性人文導覽、鄉土史建構、村史書寫幾個類別，概述康原報導文學主要寫作面向。

《八卦山文史之旅》（1999）、《彰化半線天》（2003）、《花田彰化》（2004）三本作品，屬於知性旅遊的人文導覽地圖，基本編寫目的是「旅遊指南不滿足，文學伴遊大富足」[4]，希望透過作家之眼，看見台灣文人的故事與歲月。因此，康原在導覽彰化名勝古蹟、歷史淵源、民俗活動以至於美食小吃之餘，必在書中詳細介紹彰化的文學家與文學精神，從陳肇興、賴和、楊守愚、陳虛谷到林亨泰、陳金連、吳晟、洪醒夫、林雙不、宋澤萊、李昂等，以文學家的故鄉以及文學作品串連大彰化地區的旅遊導覽，「在導覽八卦山、烏溪、彰化平原的歷史文化，我用賴和的作品當主軸，說明台灣在被殖民統治下，人民生活的滄桑與無奈。用它的作品來證明：好的文學作品脫離不了土地與人民、好的作家該是卑微人物的代言人。」[5]康原以在地文人的文學作品做為導覽彰化的主軸，呈現出地理空間與歷史記憶之外，屬於文化精神層次的彰化文學圖像。

《一條河的生命史──尋找烏溪》（1996）、《尋找彰化平原》（1998）、《台灣農村一百年》（1999），則是有意識的建構鄉土史的報導文學作品。一九九○年代，台灣本土意識興起，台灣史的重塑與建構、台灣文學的研究與論述，隱然成為官方、學術界的顯學，而民間「尋找台灣」的動力更是蓬勃；一九九六年，康原的《一條河的生命史──尋找烏溪》由常民文化出版，康原以彰化子民的身分，在自序中說明其創作

4　「旅遊指南不滿足，文學伴遊大富足」，係紅樹林文化出版「台灣文學旅行系列」的發刊詞，總編輯汪成華，以此為題說明「作家帶你去旅行，引領讀者深度欣賞台灣之美、地方人文」的出版企圖。《彰化半線天》，台北：紅樹林，2003。

5　康原，《彰化半線天》，台北：紅樹林文化出版，2003，頁50。

初衷：

> 走訪烏溪及其流域間的聚落或村莊；從出海口溯河而上，
> 尋找先民開發中留下來的古蹟與步履，走過台灣中部地區
> 這片豐饒大地，拜訪過許多鄉親與友朋，談一些先祖與河
> 流的親密故事，把自己所見、所聞、所感觸到的點點滴
> 滴，記錄下來，保留下踩在自己泥土上的心靈感受，希望
> 透過這條河流的源遠流長，拾回地理上的歷史感覺，了解
> 台灣人安身立命之依據。

　　這是在地文史工作者尋根溯源，以田野調查精神書寫的
在地鄉土史。而後，陸續產出《尋找彰化平原》、《台灣農村
一百年》等作品，幾乎是一年一本，可見其積極建構在地鄉土
史的企圖心。

　　《社區的魅力》（1999主編）以及《野鳥與花蛤的故鄉》
（2005）則是康原參與村史書寫的作品。一九九○年代，政府
開始注重地方文化特色的文藝季和社區總體營造等文化建設，
一九九四年起，文建會以「人親、土親、文化親」為主題，將
文藝季交由各縣市政府主辦、各縣市文化中心或教育局承辦，
並獲得地方文史工作者的協助，因此，部分的地方文史工作室
便因承辦文藝季而興起。《八卦山文史之旅》（1999）就是康
原協助彰化縣立文化中心舉辦一九九九年彰化縣文化節所編著
的作品。

　　此外，文建會提出「社區總體營造」文化政策，在建構
社區歷史、型塑社區文化、凝聚居民共識上，都需要社區居民
的共同參與，因此亦需借助於長期深耕於地方的文史工作者的
力量，康原因而參與了彰化市桃源社區、秀水馬興社區、埔鹽
永樂社區、鹿港頂番社區四個社區總體營造的計畫，總結其成

果報告而完成了《社區的魅力》。《社區的魅力》中社區歷史人文的型塑與建構，也成了一九九八年康原參與推動「大家來寫村史」運動的先聲，二〇〇五年完成的《野鳥與花蛤的故鄉》，正是康原的故鄉──芳苑漢寶的村莊史。

本章將以康原的《一條河的生命史──尋找烏溪》以及《野鳥與花蛤的故鄉》兩本報導文學作品為主，輔以許蒼澤老照片的系列詮釋，從烏溪流域的彰化、康原自己家鄉漢寶，以至於鹿港老照片的書寫，看他如何型塑彰化庶民百姓的生活圖像。

二、型塑彰化庶民百姓的生活圖像

《一條河的生命史──尋找烏溪》（以下簡稱《尋找烏溪》）、《尋找彰化平原》分別完成於一九九六、一九九八年；「烏溪」或「彰化平原」都是彰化地理的重要構成元素，何以生於斯、長於斯的人民還須「尋找」？書名「尋找」，便暗示了「烏溪」或「彰化平原」長久以來被湮滅忽視的狀態。正如吳晟所說：「書名『尋找烏溪』，『尋找』二字，已充分顯露了深切的鄉土缺憾和期盼」；[6] 因此，「尋找」不僅是重尋其地理面貌，也意味著型塑重建「烏溪」或「彰化平原」歷史的意義，一如康原在兩部作品中所說：

> 這塊生我、育我、養我的土地，卻令我感到陌生，從小學校沒有教故鄉的歷史、地理與人文，還禁止說這塊土地上的語言，產生對土地上的人與事，漠不關心，還排斥台灣的事物。卻對中國山河、歷史事件背得很熟，知道中國的黃河，卻不知彰化的「賴河」（賴和之原名）；對遙遠的

6　吳晟，〈再不尋找，將完全失去〉，《一條河的生命史──尋找烏溪》序，台北：常民文化，1996，頁3。

中國充滿幻想，對台灣卻有「近廟欺神」的心理。

（《尋找彰化平原》自序，頁10）

我們的教育單位也不肯給子孫「台灣歷史」的正確認知，如何能建立起對台灣這塊土地的疼惜之情呢？……若能在發生重大社會事件的地點，留下一些證物，不管是保護古蹟、器物，或用立碑方式撰文記錄，讓它立於土地上，為後代提供一些較具體的歷史記憶媒體，才不致使我們變成「歷史健忘症」的族群，這是尋找「烏溪」所得到的啟示。

（〈溪畔沉思〉，《一條河的生命史——尋找烏溪》，頁63-64）

一九九〇年代，大中國歷史書寫解構，後殖民論述興起，建立台灣主體意識、建構台灣本土文化論述，在文化場域中漸漸成為主流；[7]身處此種時代氛圍的康原，意識到過去台灣歷史在大中國五千年史觀中邊陲而附庸的角色，有感於自己對故鄉歷史、地理、人文的疏離與陌生，因此意欲透過「尋找」來認識自己的故鄉，遂以報導文學形式，透過田野調查，紀錄庶民生活與在地歷史文化；對康原來說，尋找烏溪，實則是一趟尋找自我文化的旅程。

（一）尋找烏溪的庶民精神

根據吳晟回憶，成書於一九九六年的《一條河的生命史——尋找烏溪》，有這麼一段淵源故事：

一九九三年夏秋之交，好友林文義難得來彰化演講，我去

7　陳芳明，《後殖民台灣》自序，台北：麥田，2002。

演講場所和他相見，會後相偕前往康原家喝茶、聊天。彼時文義剛完成「淡水河記事」系列作品，這應該是戰後第一本，如此豐富地融合歷史記憶、人文思索、紀錄台灣河川的散文創作吧？言談中，本性率真的文義，談及這組創作，興奮之情，表露無遺，同時熱情地鼓動大家，一起來書寫最熟悉的家鄉河川。只隔了二、三個月，康原果然在文義主編的《自立晚報》「本土副刊」上，發表了〈溯著河畔，尋找烏溪〉。原來康原接受了文義的提議，觸發了創作意念，即說即做，廣泛地蒐集烏溪相關資料，每逢星期假日，並親自走訪烏溪河域。[8]

　　原來，林文義一九九二年陸續發表、一九九三年結集出版的《母親的河：淡水河記事》，給了康原書寫自己家鄉河川的靈感，遂於一九九三年展開田野調查，陸續發表〈溯著河畔，尋找烏溪〉系列作品，而在一九九六年誕生了《一條河的生命史——尋找烏溪》一書；值得一提的是，吳晟的〈濁水溪下游記事〉系列，亦於一九九四年開始在報章刊出，並於二○○二年出版《筆記濁水溪》。康原與吳晟，同時透過家鄉之河的尋根探源、親自走訪、史料蒐集，重新認識生息所依的母親之河的歷史、族群與人文，進而尋求自我認同。

　　《一條河的生命史——尋找烏溪》共分二十章，佐以許蒼澤先生（1930～2006）的攝影作品，圖文並茂的呈現烏溪流域的人文風土。烏溪流經彰化、台中、南投三個縣，全長約一一六公里，是台灣第六大河。康原以烏溪下游，也就是所謂大肚溪的出海口為起點，溯溪而上，包括支流貓羅溪、上游北港溪，從彰化、台中到南投，沿途踏查兩岸村莊聚落，搜尋在

8　吳晟，〈再不尋找，將完全失去〉，《一條河的生命史——尋找烏溪》序，台北：常民文化，1996，頁3。

地史跡傳聞。其中，〈溯著河畔，尋找烏溪〉、〈嗚咽的大肚溪〉、〈溪畔沈思〉、〈大肚溪口的鳥事〉四篇，寫的是烏溪下游大肚溪流域；〈走過貓羅溪底〉、〈無話講茄苳〉兩篇，寫的是支流貓羅溪流域；〈走過三百年的寶藏寺〉、〈祠廟之旅〉、〈溪畔書院春秋〉、〈田頭田尾土地公〉、〈媽祖信仰與社區文化〉、〈國姓爺與護國寺〉六篇，寫烏溪流域民間信仰；〈宮保第前憶當年〉、〈尋找古戰場〉兩篇，寫烏溪流域抗日、抗清史跡與傳說；〈雙冬檳榔〉、〈儼若巨盾的墓碑山〉、〈九九峰的傳說〉三篇，寫烏溪上游風土人情；〈女尼師的罣礙〉、〈水長流與糯米橋〉二篇，寫上游源頭北港溪人文古蹟；最後回歸自己的故鄉，以〈阮的故鄉漢寶園〉作結。

綜觀《一條河的生命史──尋找烏溪》全書，內容包括在地歷史人文、地理景緻、自然環境、古蹟廟宇，尤其大量融入

《一條河的生命史──尋找烏溪》，常民文化出版

當地鄉野傳聞、民俗信仰、族群消長融合，試圖透過庶民生活建構烏溪流域鄉土史；其中，庶民精神的傳承與土地開發墾拓的歷史，是康原最關注的議題，也是全書著墨最多的地方。

康原說：「我在『尋找烏溪』的田野調查中，往往先找到聚落的廟宇，去了解建廟與居民拓墾的沿革，再從居民祭拜神明之中去探討，了解人群聚居形成的自然單位。常常發現聚落會是『地號名』或『部落名』，再以此聚落爲中心向四面八方發展」，[9] 因此書中每篇文章，幾乎都記錄了烏溪流域各地的廟宇傳說，這些帶有濃厚民間信仰的傳說，或來自於文獻記載，或由民間耆老口中採集而來，這些往往被視爲迷信的傳說，成了康原建構庶民觀點鄉土史的重要基石。

台灣是一個移民社會，在先民漫長墾拓過程中，廟宇是庶民精神依歸所在，依廟宇、古蹟沿革去探源尋根，不僅可以了解先民篳路藍縷的墾植過程，透過廟宇祭祀活動，也可以進一步了解台灣社會的地方組織。其實，「歷史並不遙遠，我們的生活就是歷史的一部分；歷史也不偉大，最基本的空間也是歷史的一部分，更精確來說，除了空間作爲物質性存在的特質外，它更可以作爲一種符號，而在傳播行爲的中介及運作下成爲社會文化的一部分，進而影響和塑造了我們的生活，這些都是由小（符號象徵）可以見大（社會分析）的重要媒介」；[10] 因此，廟宇不僅只是一個物質性空間，更是抽象記憶的文化符號，傳遞著特定時期重要的社會訊息。康原以下文字，即可看見這種意涵：

　　台灣這個移民社會，其聚落族群的形成，與宗教信仰和血

9　康原，《一條河的生命史——尋找烏溪》，台北：常民文化，1996，頁106。
10　夏春祥，〈文化象徵與集體記憶競逐〉，收錄於盧建榮主編《文化與權力：台灣新文化史》，台北：麥田，頁123。

緣都有密切之關係。幾乎每一個村落，都有共同祭祀的神
明，此神明就是聚落的精神指標。因此，我們可以透過廟
宇的祭祀，來了解台灣社會之地方組織，這是一個很可靠
的方法。

〈〈祠廟之旅〉，《一條河的生命史──尋找烏溪》，頁105〉

　　廟宇作爲「抽象記憶的文化符號」，實際上也承載了漢族
移民的集體記憶、生活型態及社會活動，康原造訪大肚溪南岸
田中央莊「萬興宮」的〈溪畔沈思〉，便如此寫道：

　　吳錦樟先生如數家珍的說：「康熙丁酉年（1717）福建漳
　　洲府的平和縣有一林氏聚落，遷移來台時，曾向福建的三
　　府王爺許願，如能平安渡台，找到安身立命之地，就要雕
　　塑三府王爺的金身奉祀。當時林氏家族由塗葛堀港（今麗
　　水村）登陸，溯著大肚溪逆流而上，來到貓羅溪以西與大
　　肚溪堤之南，發現這片荒蕪千頃的廣闊田野，山明水秀，
　　就築巢而居。經過幾年的奮鬥墾植，荒原變成良田沃野，
　　就把建造在田野的聚落稱爲田中央莊。同時，由族人共同
　　捐錢雕了朱、李、池三府王爺的金身，供於廳堂之中，再
　　到塗葛堀的王爺廟（福順宮）恭請分靈回莊，擇良辰吉日
　　開光。斯時，因田中央莊開闢之初，又萬物咸興之象，故
　　命名『萬興宮』；這座廟宇變成田中央莊的精神支柱，護
　　佑本莊的村民。」

〈〈溪畔沈思〉，《一條河的生命史──尋找烏溪》，頁54〉

　　從「萬興宮」廟史，即可看見三百多年前大肚溪流域移
民的遷徙路線，以及共同墾拓、落地生根、分享資源的社會意
義；同姓同籍的移民，以共同出資雕塑神像金身、奉祀共同神

明成爲精神結合基礎的方式，以示落地生根；廟宇流傳的神蹟奇事，甚至成爲村莊聚落共享榮耀、共負危亡的凝聚力量，例如「萬興宮」三府王爺在林爽文事件中大顯神威，以風沙助陣，打敗林爽文，讓田中央莊的老少欣喜若狂的事蹟，[11] 即代表在不同族群背景下，對林爽文事件的不同解讀。由此看來，廟宇所代表的意義，就不僅止於宗教信仰的層次，在台灣這個移民社會，漢人與原住民之間的衝突、漢人彼此之間的各種械鬥，往往在廟宇歷史沿革中找到不同的記憶內涵與社會意義。

《一條河的生命史——尋找烏溪》對廟宇與民間祭祀的書寫，無論是民間傳說或是廟宇沿革，往往從民間信仰的社會學角度切入，以台灣移民的「墾拓精神」作爲書寫重點；事實上，這是以人類學家林美容的論述爲基礎所做的演繹。

林美容的研究顯示，台灣的地緣組織與民間信仰關係密切，只有以神明信仰的名義，才能結合某一地域範圍內的大部分人群；在台灣社會，村莊是一個可以行動的社會單位，在這個單位內，居民成爲一個祭祀共同體，也只有在這個基礎上，才能作更大範圍的人群的結合。[12] 台灣民間信仰，本質上是一種以神之名的社會結合，無論是共享水利設施或是防禦外人侵襲，這種同姓、同祖籍或同區域等各種不同層次人群的關係，實際上藉著宗教活動而更加密切。

因此，台灣民間信仰是有區域性、族群性的。根據林美容的田野調查，「彰化媽祖信仰圈涵蓋的範圍包括濁水溪、大甲溪兩岸包夾的靠內陸的地區，而把沿海地帶排除在外，這現象牽涉到這個區域的人群關係，即由於歷史上漳州籍住民與泉州籍住民的對立關係，故彰化媽祖之信仰圈大致並未包括泉州

---

11 康原，《一條河的生命史——尋找烏溪》，台北：常民文化，1996，頁60。
12 林美容〈彰化媽祖的信仰圈〉，中央研究院民族學研究所集刊68：41-104。

籍住民居住的沿海地區」；[13]因此，「進香」這種群體性宗教活動，其行程亦有「回溯移民路線的歷史意義」，[14]台灣早期廟宇的建造與祭祀的活動，跟移民墾拓的歷史息息相關，到現在仍有其遺跡可尋。換句話說，在台灣這個以移民為主的社會中，宗教信仰在人群結合的意義上，還有宗教之外的因素在內。

　　然而，民間信仰的群體性與集體性，長期以來為學者所忽視，只見其功利主義與非理性、迷信的部分，而不知道民間信仰的核心其實是群體性的組織與活動，其中蘊含著信徒旺盛的組織力與活動力，也因為如此的刻板印象，民間信仰的社會意義也就無從彰顯。林美容認為，在台灣民間信仰中，廟宇承載了如下的社會功能：

> 只要是公廟（聚落廟、村廟、聯莊廟或大廟），與地方社區就有密切的連帶，居民之祭祀的、社會的、娛樂的需求都在這裡得到滿足，居民與社區之歷史的、心理的連帶，也藉著村廟活動而建立起來。[15]

　　廟宇作為地方公眾事務中心，除了是公眾祭祀的場所之外，居民也會在廟內討論與地方社區有關的事物，大至選舉投票、里民集會，小至老人們喝茶聊天、下棋閒坐，廟宇扮演著凝聚庶民意識、團結地方力量的重要角色，只要回顧每年大甲鎮瀾宮媽祖遶境活動的盛況，朝野政壇人士競相參與，就可見民間信仰的社會意義遠超過宗教內涵。

　　康原在《一條河的生命史──尋找烏溪》中大量採集紀錄

13　林美容，《台灣文化與歷史的重構》，台北：前衛，1996，頁105。
14　同上注，頁159。
15　同上注，頁141。

各地廟宇沿革與事蹟，最核心的書寫重點在於漢人移民史中的「墾拓精神」，這是台灣庶民眞實的生活經驗，深刻的集體記憶，它型塑了庶民觀念，也影響著現今的社會價值。試看康原詮釋月眉曆「龍德廟」有關保生大帝的神蹟奇事：

> 自古以來，保生大帝被認爲是醫療之神而廣受崇拜，先民來台沒有醫療設備，移民將大帝分靈來台並建廟，取代醫生向其祈求疾病痊癒。……對於這樣的傳說或方誌，很難考證其眞僞，但早期台灣被稱爲化外之地，人煙稀少，又醫藥不發達，先民與大自然搏鬥抗衡中，當然只能祈神保佑，從供奉保生大帝可窺見開發之早晚……月眉曆是開發較早的地區，因此以奉祀保生大帝爲主神；又早期來台先民多半同籍或同族居住，形成村莊之後就建村廟。而村廟組織就是村莊自治組織，村廟負責人就是村莊的代表，廟產就是村莊的財產，屬於全體村民所有，因此龍德廟是月眉曆人的信仰中心。

> （〈祠廟之旅〉，《一條河的生命史——尋找烏溪》，頁106）

廟宇不僅成爲具有歷史意義的公共空間，更是在地庶民因移民經驗與集體記憶而在心理上緊密相連的文化符號；這種文化符號所象徵的意義，不僅止於住民集體的祭祀活動，甚至型塑社會文化內容，影響日後人們的生活經驗與價值判斷，維繫及強化住民的共識，形成所謂的「命運共同體」。[16]

康原走訪各處廟宇，包括家廟、宗祠、村廟，[17]都鉅細靡

---

16 林美容的研究顯示，漢人庄社的特性，從祭祀圈或信仰圈的觀點來看，它是一個祭祀共同體；從居民的生活經驗與宗教理念來看，它是一個命運共同體。而公廟的肇基興建，就是在地庶民命運共同體重要的凝聚力量。見其〈人類學者看「地方」〉，收錄於其著作《鄉土史與村庄史》，台北：台原出版，2000年，頁3。

17 如貓羅溪畔月眉曆的三級古蹟龍德廟（主祀保生大帝）、下茄荖的永清宮（洪

大帝、元武神、開天仙帝都是玄天上帝，一般學者都認為此神是北極星信仰的人格化，其為北極星，又號元武神，就是水神，因而明朝時代戰被沿海漁戶者普遍崇祀，鄭成功曾敕勸民間信仰玄天上帝，所以

本省南部這種廟特別多，在草屯鎮除了本宮供奉之外，上林里紫微宮、土城里慈賢宮、新豐里聖賢宮都供奉玄天上帝。

114

▲鄉民基程子們的遊戲場。
▼永濟宮替人解籤。

許蒼澤攝影，〈祠廟之旅〉，《一條河的生命史──尋找烏溪》，頁114

遺紀錄廟史、神蹟、傳說，乃至移民墾拓史跡、村莊聚落形成緣由，試看以下論點，即可明白其深刻用意：

　　各地方所崇拜之神，也有地域性、鄉土性，甚至也有家族性格的存在。沿海地帶大多供奉聖母媽祖，而早期開發地區都奉保生大帝，透過神明的地域性格，以及宗祠的家族系脈，可以找到先民在台開發的各種史蹟，同時，以一種

姓家族移民來台開墾而建立的寺廟）、草屯的敦和宮（草屯李姓移民的信仰中心）、太清宮（草屯各界李姓宗親興建，供奉李耳以及各李姓神明，並設有李姓宗祠）。

慎終追遠或瞻仰祖德的心情，去了解族群間生命共同體形成的過程。透過民間神明之間的各種傳說，也可了解墾拓時篳路藍縷的過程。

（〈祠廟之旅〉，《一條河的生命史——尋找烏溪》，頁118）

那是新年的元旦，我為了撰寫貓羅溪畔的開發歷史，來到寶藏寺，管理人員告訴我，這座三百多年的寶藏寺，是芬園鄉民之信仰中心，又具備有開發芬園地區之歷史意義，最近強調本土化的聲浪高漲，有識之士開始收集歷史文物、器具，以及文獻資料，希望透過祖先留下來的器物，以及碑牌的記事追溯先民開拓疆土之沿革，以便後代了解自己村莊的歷史。

（〈走過三百年的寶藏寺〉，《一條河的生命史——尋找烏溪》，頁104）

從「媽祖」信仰，談到「社區文化」，主要是提醒台灣這塊土地的鄉親們，生活中從敦親睦鄰開始，關懷自己的社區，關心眾人之事物；關心社區內的村廟，以及先民拓墾之艱辛歷程，這塊土地上的神明，與我們先祖都是一種命運的共同體，神曾保護過先祖，給先祖心靈的慰藉，我們不可有「近廟欺神」的異常心理。民間的各種信仰，或許都是先祖們賴以生存的精神支柱。

（〈媽祖信仰與社區文化〉，《一條河的生命史——尋找烏溪》，頁191）

觀此可知，康原書寫廟宇史跡沿革，目的正是建構先民渡海來台墾拓進而落地生根的在地鄉土史，如其所言：「我們知道歷史可分為兩種：一種由上而下的『君王和官僚』所主導的政治史；一種由下而上，庶民所創造的社會史。對研究歷史的人，這兩種歷史一樣重要。尤其由下而上的歷史，就是人民的

生活，它往往深入而鮮明的紀錄先民生活。中央研究院近代史研究所研究員許雪姬曾說：『不懂家族史，連自己從那裡來的都不知道，怎麼談得上尋根呢？』[18]康原從最貼近庶民的民俗宗教信仰中，以由下而上的方式，重建一再「被矮化成狹隘的、地域性的小歷史（petite history）」[19]的台灣歷史文化，書寫意圖由此可見。

　　以〈媽祖信仰與社區文化〉一文為例，康原詳述彰化市南瑤宮對彰化庶民生活影響之餘，轉述中央研究院林美容博士一場有關「彰化南瑤宮媽祖」的演講內容，藉以說明台灣這個移民社會，在先民漫長的墾拓過程中，廟宇曾經是庶民的精神依歸：

> 林博士以諺語：「大媽四媽愛吃雞；二媽五媽愛冤家；三媽六媽愛潦溪。」來說典故，她說：「因大媽、四媽甚是靈驗，信徒許願皆有所得，祭典時信徒的牲禮祭品便特別豐富，故曰愛吃雞。二媽會與五媽會會員常有爭執糾紛，日治時期常由林獻堂調停，故曰愛冤家。又因每逢『三媽年』要進香彰化時，濁水溪的水會很大，必須涉水，故說愛潦溪。」……像這些傳說與諺語，也都反映了各聚落的情況……從十個媽祖會之會員分布範圍內，南瑤宮媽祖會的活動落實到各個村莊來看，信仰圈與祭祀圈緊密相連，這麼龐大的區域性組織能持續那麼久，是因為漢人村莊傳統上宗教活動是基本的行動單位。
>
> （〈媽祖信仰與社區文化〉，《一條河的生命史——尋找烏溪》，頁188-189）

　　康原特別節錄諺語傳說，作為彰化地區庶民生活的注腳：

18　康原，《一條河的生命史——尋找烏溪》，台北：常民文化，1996，頁85。
19　陳芳明《後殖民台灣》，台北：麥田，2002，頁112。

在民間信仰的功利主義上，我們看見了「大媽四媽愛吃雞」；在民間的宗教組織上，我們看見了彰化地區祭祀圈中會員間的彼此角力，所以才會「二媽五媽愛冤家」；從宗教活動時節來看，「三媽六媽愛潦溪」則說明了節氣與地方環境的特殊條件。

康原認為民間信仰都是先祖們賴以生存的精神支柱，由此可見。以神明信仰為基點，推廣為社區文化關懷，進而凝聚命運共同體意識，這樣的看法也表現在〈祠廟之旅〉的結論中：

> 透過神明的地域性格，以及宗祠的家族系脈，可以找到先民在台開發的各種史蹟，同時，以一種慎終追遠或瞻仰祖德的心情，去了解族群間生命共同體形成的過程。透過民間神明之間的各種傳說，也可了解墾拓時篳路藍縷的過程。過去的台灣人大都忽視了自己的歷史，從不想去了解『來自那裡？正處於何地？要往那裡？』於是造成了認同的差距……作為一個台灣人，我們若不願意作為「失根的蘭花」，必須趕快去尋找自己的根，把根植入這塊土地上，維護自己的根……創造貼貼切切的台灣歷史，是我們共同努力的方向與理想。

（〈祠廟之旅〉，《一條河的生命史──尋找烏溪》，頁118）

在此，我們看見康原透過鄉土史書寫以尋根、植根的使命感，也就能明白《一條河的生命史──尋找烏溪》為何會以〈阮的故鄉漢寶園〉作結，並於二○○五年參與彰化縣「大家來寫村史」工作，進而寫下漢寶村史《野鳥與花蛤的故鄉》，作為「對土地哺育我的一種感恩」。[20]

---

20 康原，〈回想故鄉漢寶園〉，《野鳥與花蛤的故鄉》自序，彰化：彰縣文化局，2005，頁7。

在〈阮的故鄉漢寶園〉一文中，康原表達了他將庶民生活視爲一種寶貴的人文史料的觀點：

> 這樣偏僻的地方，當然缺乏文字記載，但沒有文字記載並不表示沒有歷史與文化；缺乏書面的歷史文化，並不表示沒有人民的活動。我深信只要有人的土地上，就有不同的生活方式與聚會活動，凡有活動就會產生美感；不管農夫犁田、插秧、施肥、種菜或漁人撒網、捕魚、種蚵，都會具有生命之美，到處可以欣賞到美的畫面。我想，只要會寫文字的人，透過生活的觀察，用一些時間與精神，把這些生活方式記錄下來，慢慢的累積，就是人類的財產。這種保存生活方式的記錄，就是一種地方文化，一種寶貴的人文史料。
>
> （〈阮的故鄉漢寶園〉，《一條河的生命史——尋找烏溪》，頁207）

漢寶，一個既無山明水秀、也無名勝古蹟的偏遠漁村，康原以感性筆調，寫下躬耕田野的純樸農友、廟埕中打太極拳的村民、兒時與母親蚵園工作等庶民尋常生活，康原說：「我的導遊方式，不是運用美麗的語言與辭藻來詮釋，而是用鄉親眞誠而辛勞的肢體語言來說明，以田園的自然純樸之美貌，以及廟宇中的人文關懷，來取悅伙伴，印證漢寶園鄉土之美。」[21]

在以〈阮的故鄉漢寶園〉一文爲《一條河的生命史——尋找烏溪》作結時，康原寫到他爲友人介紹自己的家鄉——漢寶：

> 走出校園卻走不出記憶的迴廊，迎面而來的是一位似曾相

21　康原，《一條河的生命史——尋找烏溪》，台北：常民文化，1996，頁217。

識的鄉親，穿著一雙黃色膠鞋，捲起高低不齊的褲管，頸上繫一條汗漬斑斑的灰色毛巾，頭頂上戴著斗笠，黝黑的皮膚滿面帶著微笑，牽著黃牛拖著牛車迎面而來，車上載著一綑綑的甘藷莖葉，沿著馬路邊走著，馬路旁是一片翠綠的甘蔗園，在這片甘蔗園旁是剛收成的西瓜園，一位體格粗壯的鄉親正在躬耕、拖犁的黃牛低著頭在這位鄉親的導引下，翻犁著這片瓜田，帶著砂質的旱地經過犁頭的翻動呈現出嶄新的風貌，伙伴們站在路旁注視汗流浹背的農夫在陽光下耕植的動作，一位攝影伙伴開始以相機捕捉田園之美，我突然意會到人是生活的要角，因人存在大地上，田園的風景才留下生活的痕跡，大地是人們生活的舞台，舞台上若缺少人物的點綴，文學家的筆下，或許只能做自我抒情的描寫。有了這些人民生動而美麗的躬耕圖騰，以及辛勤、奮鬥餵養大地的汗水，將自然與人文化成山河風雲的變化和歷史文物的消長，這樣的畫面不正是台灣鄉土最美的寫照嗎？與這塊土地共榮辱、齊歡笑，「生於斯，長於斯」的子民，最能表達出鄉土上的美麗與哀愁了，該是我要介紹給伙伴最美好的畫面，最具美學價值的圖騰吧！

（〈阮的故鄉漢寶園〉，《一條河的生命史——尋找烏溪》，頁210-211）

　　戴著斗笠面目黧黑的農夫、載著甘藷莖葉的牛車、翠綠的甘蔗園、西瓜園中辛勤勞動的瓜農……這段充滿畫面而又感性的文字敘述，正是根植於土地最真實的鄉土史，是絕大多數台灣移民及其子孫最深刻的生活與記憶，更是在地人以充滿情感的眼光注視下的在地史，是土地認同、身分認同的鄉土史。這種以庶民為主體所建構的歷史，才能使人在情感中有所歸依，安身立命。二○○五年，康原就以故鄉漢寶為對象，進一步報

導這個《野鳥與花蛤的故鄉》。

（二）型塑漢寶的庶民臉譜

　　一九九八年，中華民國社區營造學會和台灣省政府文化處合作推動「大家來寫村史——民眾參與社區史種籽村建立計畫」，計畫主持人吳密察指出：

> 「大家來寫村史」運動，是希望將長期以來由專家、學者所進行的「歷史研究」釋放出來，由在地生活者、業餘者來「書寫歷史」。這種歷史書寫，與其說重複歷史訓練所強調的冷靜客觀，毋寧說更希望呈現當地人經驗中的喜怒哀樂和恩怨情仇。透過這種歷史書寫，提煉過往的經驗並編組記憶，讓歷史成為「自己的」，而不是與自己無關的「知識」。[22]

　　此一計畫的目的，在於藉由村史撰寫，開啟民眾參與自身社區歷史的建構，「自己為自己寫歷史」，在種籽工作者的帶領和專業文史工作者的協助下，由民眾自行詢問、探查、追究、回憶、記述，並透過書寫、圖繪、表演、歌唱、展覽、實作等方式再現自己的或社區共同的記憶。專業者在這個計畫裡則擔任推動或觸媒的角色，並設計出讓民眾更為活潑參與的工作模式，有利於共同記憶的發掘、交換、組構與重建，最後，尋求建立永續村史機制的可能。[23]

　　二〇〇三年，彰化縣長翁金珠與文化局長陳慶芳，決定以地方政府的力量，規劃推展「大家來寫村史」活動，成為全台

22　台灣省政府文化處、中華民國社區營造學會，《大家來寫村史——民眾參與式社區史操作手冊》，南投市：台灣省政府文化處，1998年12月，頁11。
23　〈宣言〉，收於《大家來寫村史——民眾參與式社區史操作手冊》，頁202-203。

灣第一個推動「大家來寫村史」的縣市。翁金珠表示，這項計畫的意義在於：

> 「大家來寫村史」計畫的緣起在於因為過往的歷史教育，
> 充滿各種大歷史的觀點，我們往往只認識長江、黃河，卻
> 不知道我們周遭的大肚溪、濁水溪，更不知道先民艱辛開
> 墾，灌溉彰化平原的八堡圳由來，我們的孩子不知道彰化
> 平原的歷史，其實是漢人先民橫渡黑水溝的血汗、平埔族
> 群孤兒寡母的傷痛、慘烈的閩粵械鬥及日本殖民統治以及
> 二二八屠殺事件等交織而成的，這一切的一切，過去都隱
> 沒在大歷史的教育框架裡，今天我們終於可以讓我們的孩
> 子解放出來，從自己的故鄉自己的鄉土認識自己的歷史，
> 透過這種由微而顯的過程，才能真正型塑台灣集體歷史的
> 記憶。[24]

　　彰化縣政府透過文化局推行「大家來寫村史」計畫，第一期由康原、周梁楷、陳板、陳利成等人擔任村史撰寫推動委員，康原亦於員林及彰化社區大學規劃「台灣文學與村史寫作班」課程。

　　扮演推動者角色之外，康原也親身實踐，以自己的故鄉為村史素材，分別出版《漢寶村之歌》（2001）、《康原的故鄉：漢寶》（2002，結合林躍堂攝影作品）、《漢寶家園》（2003）等作；[25]事實上，早在一九八四《最後的拜訪》這本報導文學中，〈漢寶園風情〉、〈花蛤園風情〉等文，已然預

---

24 翁金珠，〈採擷歷史中的感動〉，收於《大家來寫村史1總論》，彰化縣：彰化縣文化局，2005年8月，頁2-3。

25 《漢寶村之歌》，台北：教育部兒童讀物出版資金管理委員會，2001；《康原的故鄉：漢寶》，彰化：漢寶社區發展委員會，2002年；《漢寶家園》，彰化：文化局，2003。

示了康原日後的村史寫作。[26]

　　以下，將以二〇〇五年出版、同樣講述漢寶村故事的《野鳥與花蛤的故鄉》為例，分析康原如何以報導文學形式，撰寫與庶民生活關係最密切的村莊歷史。

　　漢寶村，彰化縣芳苑鄉最北邊的一個村莊，土地面積約有二千餘公頃，是芳苑鄉最大的村莊，但是如同康原所說，也是一個「偏僻又缺乏文字記載」的小村莊，既無史蹟文物也無名門大族可以書寫，然而從鄉土史實為「有機的、全面的研究體」的觀點來看，[27]鄉土史呈現的，乃是通過具體可以感知的世界，傳達在地歷史人物、民間風俗、自然生態、地表景觀、宗教祭儀、耆老傳述等最生活化的信息，使人在其中體會到個人在時間洪流與空間網絡中的位置，從而體認到歷史就在尋常生活中；「一個鄉土史家不但是一位考古家，也是一位地理學家；不但觀察當前地方的開發，還要透視地理景觀的變化。一個鄉土史家不但要查索圖書館的圖書以及官方的檔案，還要走出戶外從事田野調查。他不但是一個經濟史家，由於人不能只靠麵包過日子，故也同時是一個藝術史、教育史和宗教史的學者。總之，他要能從傳統走到現代，是一個重建社會生活之全史的史學家（Finberg, "The Local Historian and His Theme"）」；[28]康原試圖成為的，正是這樣的文史工作者，以自己的生活記憶為起點，即使文獻不足、老成凋謝，依然可以透過深入訪談，逐步建構漢寶村的鄉土史，如同他在《野鳥與

26　蕭蕭，《土地哲學與彰化詩學》，台中：晨星，2007，頁157。
27　杜正勝認為，鄉土史所關注的是「什麼樣的人在特定的環境、有限的資源，以及各種人為的牽制中，創造了大家現在生活的這套文化？…而這套文化是與日常生活（daily life）繫連在一起，自生產技術、商貿信用、衣食住行、衛生保健等物質生活，醫療生命、傳統民俗，以至生死觀、財富觀等心態，結合成為有機的、全面的研究體。」參見杜正勝，〈鄉土史與歷史意識的建立〉，《國立中央圖書館台灣分館館刊》第三卷第四期，1997，頁1-9。
28　同上註。

花蛤的故鄉》的自序中所說：

> 每次返鄉做訪談，要尋找的耆老有的已經見不到身影了，年輕一代對自己的家鄉了解並不深入，而這個由溪埔耕成的村落，因人民生活的貧困，早期很少有人攝影，文字記載更稀少，而日治時期做爲日本移民村莊的「八洲村」，房舍都已被拆光了，沒有留下一屋半瓦，只是能透過深入訪談，以及我小時候的生活記憶，慢慢去建構村莊的古老風貌。

《野鳥與花蛤的故鄉》全書共分十章，始於漢寶地區的開發，終於康原之父的喪禮，以記傳體方式，寫下漢寶地區重要人事，包括〈三義來的客家人羅成傳〉、〈康萬居與竹圍仔筆〉、〈從保正做到村長的陳奢〉、〈洪福來與大同農場〉、

《野鳥與花蛤的故鄉》以記傳體方式，寫下漢寶地區重要人事。

〈漢寶休閒農場與許天數〉、〈林躍堂的漢寶影集〉等；以
敘事體寫下漢寶昔日開發與未來展望：〈從溪底浮出的漢寶
園〉、〈溪底的移民八洲村〉、〈野鳥之歌與漢寶家族〉；最
後，結束於紀錄民間喪葬習俗的〈在家鄉的葬禮上〉。

　　不同於《尋找烏溪》廟史與民間傳說的採集紀錄，《野鳥
與花蛤的故鄉》以一張張村民勤懇的臉，一則則平民百姓奮鬥
的生活史作為書寫策略，呈現在地庶民的生活圖像，例如寫客
家人羅成傳、跨越日治與國民政府統治的村長陳奢、林世賢醫
師的「漢寶家族」等等，以在地人的常民生活史，串聯成為漢
寶的「村史」。

　　羅成傳，三義客家人，日治時期來到漢寶，辛勤墾荒，
先祖康萬居，從深耕堡溝仔垹移居至漢寶園，開荒拓土、建造
家園，並與二林庄竹圍仔的洪筆建立起姻親關係；陳奢，從日
治時期的「保正」到國府時期的「村長」，始終熱心公益、服
務村民；洪福來，專業養豬戶，他的養殖事業，與戰後國府為
安置國軍退除役官兵在漢寶設立的「彰化農場」（俗稱大同農
場）息息相關；許天數，一九八〇年間，在政府「農漁村社區
更新——鄉土旅遊事業發展計畫」下，隨著漢寶村農業結構轉
型，戮力經營「漢寶休閒農場」。

　　一九九〇年代，環保意識興起，環保聯盟「漢寶家族」努
力護衛漢寶濕地，爭取設立「漢寶生態園區」，康原藉著〈野
鳥之歌與漢寶家族〉一文，記錄漢寶生態意識萌芽的過程，除
了詳細報導其中的人與事，[29]更引述林世賢醫師講稿，呈現民
間組織為家鄉土地永續經營所展現的生命力：

29　1991年，李聰榮及黃潮州開始進行漢寶地區生態觀察紀錄；1994年，東海大學
　　環科所對漢寶濕地進行生態調查；1998年，保育團體開始構思「漢寶生態園
　　區」；1999年，林世賢醫師邀集學界及保育界人士組成「漢寶家族」，持續為
　　「漢寶生態園區」的設立奔走。

當我醫好動物去野放時，看到黑金、黑道盜採砂石造成的破壞場景，自問：『環境已經這麼糟了，光呆在家裡醫鳥有什麼意義？』於是……跳出來參加環保運動……最後想找到一塊地，做自己的夢！這是我推動「漢寶家族」的由來。

（〈野鳥之歌與漢寶家族〉，《野鳥與花蛤的故鄉》，頁146）

康原鉅細靡遺的報導，構成一篇篇以鄉野人物為主體的歷史圖像，也為漢寶村留下百年來農業經濟轉變的記錄。從早期傳統農業，到一九九〇年代休閒農業與環保意識的興起，漢寶村的地理景觀也隨著政府政策、民間保育團體的奔走而有了變化，從羅成傳到洪福來、許天數，康原描繪著一張張庶民的臉譜，也記錄下生命力強韌而樸實的庶民精神。

值得一提的是，在《野鳥與花蛤的故鄉》一書中，康原大量引用民間歌謠來見證漢寶村發展的歷史，依據陳再得吟唱的七字歌，想見當年客家人羅傳成至漢寶開發建廟的歷史，以及漢寶園形成的始末：

漢寶有人講溪底，其實早年東螺溪……溪底無水變溪埔，移民一人來一路，欲做溪底唔免租，砂土一年一年厚，頂港客人做起頭，昭和四年伊來到…草寮起店東爿面，西爿伯公把水神，種作有收卡要緊，建廟順續刻金身…所開的錢公家開，厝邊團結真可貴……

（〈三義來的客家人羅成傳〉，《野鳥與花蛤的故鄉》，頁42）

姓黃本來住加走
大水沖破牛肚溝
歸庄的人攏搬走

倒返才住牛埔頭（新寶村）

搬到伸港蚵寮庄

牛埔草港至菜園

二港福興麻有算

海邊一條落落長……

（〈從溪底浮出的漢寶園〉，《野鳥與花蛤的故鄉》，頁28）

　　其中「大水沖破牛肚溝」一段，康原請教洪敏麟教授後得知，係指一八九八年二林、番仔挖大水災，這一年是戊戌年，當地耆老稱為「戊戌大水災」。話說光緒年間，舊濁水溪河域廣闊，現在漢寶、新寶一帶還屬於溪底，直到光緒三年（1877），有人從台南鹽水來此入墾，開闢濁水溪河口兩岸地帶，南岸創建「加走」、「鹽埔」兩部落，北岸形成「漢寶園」；所謂「大水沖破牛肚溝」，即描繪戊戌大水災導致濁水溪大改道，本來住在「加走」、「鹽埔」的先民，因大水沖走聚落，只好移居到伸港、蚵寮、牛埔、草港等地，災後搬回牛埔頭，形成新的聚落，就是現在所稱之新寶村。

　　陳再得（1929～2005），家住彰化芳苑鄉，是一位民間「素人」歌仔仙，在年輕時就曾聽地方耆老如竹圍仔筆唸唱歌仔，並對於歌仔的說唱藝術顯現出極大的興趣及天分。雖然陳再得只有國小二年級學歷，然而卻能因超人的記憶將所聽到的歌仔改編，化為一首首唸歌，經常以仿作自娛。其七字歌仔內容多元，包括家鄉在地書寫、神話傳說、歷史事件、社會奇案、台灣主題書寫、勸世抒懷、贈答交際等，其中家鄉書寫部分，記錄了許多關於彰化縣芳苑、二林、福興的歷史、人文遞嬗等等。[30] 經由康原採訪記錄，編成《芳苑鄉追想曲》，詳述

30　有關陳再得的敘述，參考陳益源，《陳再得及其歌仔研究》，中興大學，中國文學研究所碩論之摘要，參考網址：http://ir.lib.nchu.edu.tw/

彰化學

芳苑鄉名稱的由來、蚵的故事、彎井陳家、二林蔗農事件等
等。

　　另一位「歌仔先」——「竹圍仔筆」，是來自二林庄竹圍
仔的洪筆，也是陳再得的老師，他唱的《二林奇案——盧章拍
死石阿房》曾經傳唱全台，康原訪問漢寶村耆老洪福來時，談
到竹圍仔筆：

> 一個下午竹圍仔筆在大樹下談天，多人都想聽他唱歌，就
> 要求他留下來吃飯，飯後就詢問要聽什麼歌？有人就說：
> 「盧章拍死石阿房。」於是他就拿出隨身攜帶的二胡，邊
> 拉邊唱石阿房太太哭訴的一段：「……有命通來無命返，
> 一暝守屍哭甲光，君死無人通打算，眾人替伊心頭酸。盧
> 章來做即佼倖，眾人講著該死刑，閒話加廣無路用，那無
> 刑警著甲爭……我著自盡煞來死，人勸無通安年生，自到
> 下港揣伊尪，哭加目睭攏反紅，尪來枉死足不願……」唱
> 到此，聽歌的人都臉帶悲悽之情，有些婦女更流下了許多
> 眼淚。

（〈康萬居與竹圍仔筆〉，《野鳥與花蛤的故鄉》，頁71）

　　傳神如畫的具像描繪，不僅記錄了「竹圍仔筆」的歌謠，
也捕捉到當日聽歌者的情緒，彷彿那個眾人在大樹下談天的午
后，依然存在於世上；此外，康原也憑藉童年記憶，記錄下民
間傳唱的歌謠，例如「飼鴨歌」：

> 朋友笨憚愛飼鴨，暗時欲睏無洗腳；
> 一頓食欲兩頓飽，加派五分無精差；

handle/309270000/8029。

早時天光爬起看；看見西爿海俗山；
無帶蓑衣俗雨傘，彼時煩惱在心肝；
觀看一工雨就到，心肝一時亂糟糟；
揣無乾草煮中晝，中晝過了看下晡；
西北落了萬善雨，乎阮無想卡袂苦；
一時想到苦歸晡；看著風雨落袂盡；
想到頭殼烏暗眩，煩惱歸暝無精神。

　　（〈漢寶休閒農場與許天數〉，《野鳥與花蛤的故鄉》，頁109）

　　民間歌謠，原本就是庶民生活的見證，也是在地鄉土史與民間故事傳說的豐富資料庫，《野鳥與花蛤的故鄉》以歌謠穿插其中，不僅活化了史料，也呈現出庶民生活的豐富圖像。

　　時序來到戰後，國府遷台，除了建立中國意識的愛國情操外，對退除役官兵「榮民」的照料，在小小的漢寶村，也可以窺見一斑；〈洪福來與大同農場〉一文中，康原便談到漢寶村大同農場設立的歷史：

　　民國四十一年（1952年），十二月政府為安置國軍退除役官兵，在漢寶村成立彰化農場（俗稱大同農場），初來時只有七十多位榮民，在農場從事耕種，剛來的時候採集體經營的方式，輔導會派人來指導榮民耕種、播種技巧。種植的作物除水稻之外，還有落花生、甘蔗、地瓜等作物。後來總共有三個中隊，分別住在海尾以西靠海邊的地方……這些退除役官兵曾經為了農田水稻灌溉問題與漢寶村民發生衝突，後來政府為了水的問題，在大同農場開鑿深井，政府為了照顧這些退除役官兵，不惜資本設備了電力，漢寶村才有了電燈，當時的電力從福興鄉的麥嶼厝接到北區的第三大隊，再接到第二中隊，漢寶村民才向電公

司申請電燈的裝設。民國四十二年後，漢寶村民分三次才
申請完電燈的設備……當時漢寶村申請電燈的手續，還是
由洪福來先生去辦理的。退輔會對這些榮民的照顧是相當
周到的，輔導區指派輔導員與技術員，分別來輔導其生活
與農業技術，同時還改善榮民的飲水，安裝自來水、及住
區道路的鋪設瀝青道路……

　　　　　　（〈洪福來與大同農場〉，《野鳥與花蛤的故鄉》，頁100-102）

　　這段小故事讓我們看到，原來漢寶的「光明」還是拜榮
民之賜而來，康原平實的文字紀錄，雖不具批判色彩，但讀來
殊堪玩味。對照之下，康原在〈漢寶休閒農場與許天數〉一文
中，從兒時記憶切入，回顧一九五〇年代國語教育，以《民眾
國語讀本》與詩人林宗源〈講一句罰一籬〉詩作對比，藉以呈
現當時的愛國教育及推行國語政策，康原寫道：「（林宗源）
這首詩記錄著，對台人的壓制而抹煞台灣語言，是外來的政權
對台灣人的侮辱與迫害」，[31] 批判態度，就溢於言表了。

　　綜觀《野鳥與花蛤的故鄉》全書，康原以人物傳記為主
軸，循著村莊裡與自己關係密切的鄰里網絡，找尋先賢長輩、
同窗好友，作為採集紀錄對象；從耆老口中，顯影過往開墾歷
史；從村長的人生閱歷，架構日治時期至國府時期的地方變
遷；從地方農漁產業經營者的訪談中，寫出五十年來漢寶地區
農漁業的轉型；從保育團體的努力中，看見故鄉的願景；康原
以「人物紀傳」為經，以「在地生活」為緯，穿插以民間傳唱
歌謠、文人詩歌，甚至自己創作的歌謠，建構漢寶鄉土史，也
呈現出最樸實的庶民臉譜。

　　從烏溪的民間信仰到漢寶的庶民臉譜，康原報導文學寫作

---

31 康原：《野鳥與花蛤的故鄉》，彰化：彰化縣文化局，2005，頁114。

的終極意義，就是建構以台灣土地與人民爲主體的歷史，更重要的是，康原在尋找家鄉歷史的過程中，不僅找到「一條河的生命史」、「野鳥與花蛤的故鄉」，也找到自己安身立命的依歸。

三、召喚老照片中的庶民歷史記憶

一九八〇年代中期，台灣各地的老照片紛紛出土，許多清晰或者模糊的台灣早期影像，見證了長久以來被有意淹沒或遺忘的過去。一九八六年，文建會發起「百年台灣攝影史料」的整理工作，地方政府與民間所舉辦的老照片展覽，無論從歷史、社會、美學各種角度切入，都顯示出台灣人尋求自我面貌以及對這塊土地的往事記憶強烈的渴望。[32]

老照片是時空瞬間的凝結，透過老照片，召喚的是不同時空下社會的集體記憶。一株老樹、一口古井、一面斑剝的牆、溪邊洗衣的婦女、巷弄中嬉戲的兒童、地方的民俗節慶，都承載著個人與集體生活的記憶，它延續地方的歷史感，更展現人們在某時某地的社會文化價值與心理認同。因此，台灣老照片的出土，更重要的意義在於重現了台灣歷史記憶與生活經驗。

一九八六年，康原將鹿港攝影家許蒼澤（1930～2006）所拍攝的老照片（大多是1950～1960年代的作品），以主觀而感性的文字加以詮釋，在當時《台灣時報》副刊「歷史的腳步」專欄刊出；之後，兩人合作，透過一幀幀老照片，回溯幾十年來台灣社會變遷的歷史，先後出版了《記憶》（1986）、《歷史的腳步》（1991）、《懷念老台灣》（1995），算是趕上了「台灣全島都在進行大規模追尋過去身影的社會集體行動」[33]

32 許綺玲，〈台灣攝影與『中國』符號初探〉一文中以爲：「整理台灣影像記憶的工作自1986年漸次展開，成爲下個十年內的出版新熱門，也正巧應合了今日人們重圖像輕文字的閱讀新趨勢。」收錄於劉紀惠編，《他者之域》，台北：參田，2001年，頁158。

33 王灝，〈以攝影爲台灣立誌〉，康原、許蒼澤《懷念老台灣》書序，台北：玉山社，1995，頁5。

老照片是時空瞬間的凝結，召喚的是不同時空下的集體記憶。康原與許蒼澤、林躍堂等人合作書寫攝影和歷史的書籍。

的風潮；而後陸續還有《影像中的彰化》（2000）、《浮光掠影憶彰化》（2001）、《大師的視界・台灣》（2007）等作品。

　　事實上，老照片本身就有攝影者的視角及其想要表現的意涵，蘊含不同時空、不同場景所承載的特定文化沉澱和歷史遺跡，透過文字書寫者對照片的感知與想像的詮釋，讀者得以窺見老照片在歷史縱深與地理空間裡所蓄積的意義，影像與文字的互相辯證，更產生超出原始圖像之外無窮的趣味與魅力。許蒼澤說：「攝影是我的娛樂，不為了發表，也不講記史，作品也談不上藝術。」；康原卻說：「看到許蒼澤六〇年代的攝影作品，這些老照片帶我回到了童年的時間隧道——發現這些台灣圖像，竟然構成了時空、歷史、鄉愁、族群共有的生命質感，使我忘去現實社會的挫折與不滿，沉浸在有趣而富於感情的視覺之旅。」[34] 這樣的對話，正是影像與文字之間辯證關係

---

34 康原，〈終戰後的台灣圖像〉，康原、許蒼澤《懷念老台灣》自序，台北：玉山社，1995，頁7。

《大師的視界·台灣》，
晨星出版社，2007

的展現，也透露出康原意欲透過老照片召喚歷史記憶的寫作策略。

　　許蒼澤，一九三〇年出生於鹿港，十六歲開始接觸攝影，攝影風格深受彼時日本風行的寫實主義的影響；鹿港一直是他捕捉影像的主要場景，鄉土風物與庶民生活則是主要題材；攝影工作者張照堂形容他的作品：「他的視點隨意而溫和。個人風格不明顯，他不刻意取景、不強調情緒，一切隨其自然，在勞動與休閒的生活中流露著泥土、草根的平實氣息」，許蒼澤自己也說：「拍照有時的感覺就像『打獵』，只是我的『獵物』是台灣鄉土風貌的瞬間變化。」[35] 正因為「隨意而溫和」的視點，台灣早期常民生活面貌，得以質樸而真誠的被記錄下來；因為富含民間的草根性，許蒼澤的作品充滿了生命力，召喚著台灣常民生活的集體記憶。

35 兩人說法，皆轉引自蔡幸娥，〈用五千多卷膠卷抓住台灣歷史〉，附錄於康原、許蒼澤《懷念老台灣》，台北：玉山社，1995，頁133。

　　康原與許蒼澤合作的作品——《記憶》、《歷史的腳步》、《懷念老台灣》、《大師的視界·台灣》——書名本身即傳達了歷史的、記憶的、懷舊的意涵，其中包含了理性的（台灣鄉土史的爬梳）與感性的（個人成長經驗的抒情記憶）交互對話，康原演繹性的文字，指向一個老照片影像框景以外的想像時空。

　　以一九九五年《懷念老台灣》為例，全書分為三卷：卷一「童年·往事·老台灣」、卷二「農耕·生活·老台灣」、卷三「土地·風光·老台灣」，康原除了照片解說短文外，另有十二篇文章穿插其中，[36] 卷一，以自己的童年經驗，帶出台灣一九六〇年代的集體記憶；卷二，以其農漁村生活背景，加以台灣農漁業發展文獻資料，鋪陳早期台灣鄉土風貌；卷三，演繹人文歷史內涵，講述城鄉故事。

　　康原融合主觀成長經驗以及客觀台灣歷史，以「歸類」、「擬想」、「延義」的手法，[37] 固然重建了老照片的時空背景，使得老照片中的圖像，有了具體的指涉意義，然其第一人稱敘述筆法，究竟印證亦或轉譯了許蒼澤的影像意涵，其實存在互為辯證的關係。以許蒼澤一九六四年在鹿港拍攝的「剝蚵」照片為例，這是一群婦女與孩童在小巷中低頭剝蚵的情景，康原如此寫道：

　　　　一些當小販，賣零食的孩子，利用假日或不上課的時間到

---

36 《懷念老台灣》全書12篇文章分別是：卷一的〈童年·往事·老台灣〉；卷二的〈台灣人的農耕生活——一粒米百粒汗〉、〈台灣人的生活哲學——一枝草一點露〉、〈依海為生，靠河度日——過有漁網（希望）的日子〉、〈台灣的老婦人——為誰辛苦為誰忙？〉、〈街頭風情說人生——早期台灣人的生活景況〉、〈鹿港查哺人——從諺語看鹿港民情〉等六篇；卷三的〈美濃客家風情〉、〈九份春秋〉、〈月世界的情調〉、〈淡水印象〉、〈鹿港殘照〉等五篇。

37 王灝以「歸類」、「擬想」、「延義」三種手法，說明康原對老照片的文字詮釋；參見〈為歲月留痕，替映像演繹〉，收錄於康原《大師的視界·台灣》，台中：晨星，2007，頁172。

公園或運動場去叫賣，有時候到廟宇，或街道、巷弄去販賣，賺點零頭補貼家用。我的家鄉是小漁村，除了耕種之外，必須下海捕魚或採蚵，因此課暇之時，必須幫忙家裡「剖蚵」，自己家裡沒有蚵時，就幫鄰居打工，每剖滿一小碗，工資兩毛錢，因此，村裡常會看到一堆剖蚵的小孩；小孩子在鄉下也都列入勞動人口，除了粗重的工作之外，帶弟妹、飼牛、割草、煮豬食、撿甘藷、賣零食，只要能幫忙家裡的事都必須毫無怨言地認命去做。

（《懷念老台灣》，頁25）

　　康原的文字顯然不僅止於「看圖說故事」，他跳脫了影像本身的「剝蚵」畫面，在自身過往生活經驗中，召喚某個特定時空下的歷史記憶，這個常民生活的切面，轉譯了影像內涵，延伸到早期台灣農漁村的經濟狀況。

許蒼澤攝影〈剝蚵〉，《懷念老台灣》，頁24

許蒼澤攝影〈賣鳥梨仔糖〉，《大師的視界·台灣》，頁39

再看一張許蒼澤於一九六四年所拍攝的福興鄉水車：

康原對這張照片的詮釋如下：

除了利用埤、圳引水之外，先民也運用他們的智慧利用河川之落差，依靠龍骨車把低窪的水引入較高的田園，又名水車的龍骨車是農民重要灌溉工具，它的形狀與其說像龍骨，不如像俗語所說「龍骨、蛇身、蜈蚣腳」來得生動而明確，其腳踏板像「龍頭」，竹架的繩索像「龍鬚」，身體像「蛇身」，踩動起來，汲水板一片一片向前挪動而後迴轉從背上退去，不斷循環，節節有序，遠望如「蜈蚣腳」。台灣稻田，在天不下雨時，則必須從低處溝渠汲水至田園中，最主要的工具便是「龍骨車」了。

（康原，《懷念老台灣》，頁33）

許蒼澤的影像中，頭戴斗笠的農民，低頭彎腰，腳踏水

許蒼澤攝影〈踩水車〉,《大師的視界·台灣》,頁40

車,躬耕於農事。而康原的這段文字,說明了早期台灣鄉間常見的「水車」,其「龍骨、蛇身、蜈蚣腳」的形象緣由,不僅具體的描述出許蒼澤的影像內涵,康原更以其豐富的農村經驗與民間俗諺的知識,深化了影像的意義。

　　事實上,一九九五年出版的《懷念老台灣》,藉由許蒼澤影像的啓發所演繹的十二篇文章,其中卷二有關台灣農村發展史的整理,成爲後來一九九九年《台灣農村一百年》的暖身之作;卷一有關台灣早期農村兒童生活的懷舊抒情,也爲康原一九九九年之後的囝仔歌謠創作,揭開了序曲。

彰化學

　　二〇〇六年，許蒼澤先生過世，因而重新出版他的攝影集《大師的視界·台灣》，第一章「大師的視界，見證歷史的腳步」第一節「消失的老行業，重現老台灣」中，一張許蒼澤一九五九年攝於太保的黑白照片，畫面上，一個老婦人蹲坐草蓆之上，低頭專注的縫製尼龍繩網袋，康原的文字詮釋如下：

　　我的一生就是悲苦、淒涼的故事。四十多年來，無依無靠在等待中過日子，盼望有奇蹟出現的一天，來重溫新婚的甜蜜夢。結婚不久，太平洋戰爭爆發了，我的新郎被徵調去南洋群島，參加這場瘋狂的戰爭。充當非志願的志願兵，留下我空守春閨；戰爭結束後，我一直盼望他的歸來，然而，等待竟成為夢幻泡影。這些日子以來，除了替別人煮飯、洗衣之外，我拾點廢棄物，生活在辛酸與悲苦中，在台灣歷史的傷痕中，我也是負傷的人，日子總要過下去的，回憶是我生活的重心。

（《大師的視界·台灣》，頁19）

　　這篇名為〈思〉的短文，康原透過歷史想像，化身照片中人，以第一人稱口吻，鋪陳日治時期太平洋戰爭前後，一個台灣阿嬤的辛酸故事。康原說：「我在看圖的過程中，以我對台灣歷史的知識，以及所知道的台灣婦人的生活處境，加入了影像人物的故事。此張攝影作品引發我對太平洋戰爭的相關記憶，雖然我沒有親身經歷這場戰爭，但我讀過許多太平洋戰爭相關的書籍，聽過許蒼澤先生談過他對太平洋戰爭的記憶，同時也讀過陳千武先生日治時期台灣志願兵的回憶性小說與詩，……」[38] 這樣的自白，得以窺見康原的書寫企圖，不是詮

---

38 康原，《大師的視界·台灣》，台中：晨星，2007，頁18-20。

許蒼澤攝影，《大師的視界・台灣》，頁18-19

釋老照片的具象意涵，而是將其影像做爲歷史想像的起點，因之，這篇化身老婦的獨白，歷史材料的堆疊，更甚於照片本身的美學解讀。

　　在《大師的視界・台灣》的序言中，康原以台語詩歌〈鹿港古城身影〉爲誌，既寫許蒼澤及其攝影作品，亦寫從鹿港輻射而出的台灣歷史，彷彿手持攝影機，跟隨在古早年代的許蒼澤身影後方，拍下屬於康原自己的紀錄片：

　　　　一九三〇年汝來到鹿港
　　　　十六歲Camera隨著身軀
　　　　佇大街小巷散步
　　　　龍山寺米市街九曲巷
　　　　迎媽祖通港普走斗箍
　　　　寫出懷念歷史的腳步

戰後台灣島
政治淡薄仔粗魯
台灣文化欠人照顧
汝著用相機寫日記
記錄二鹿風華的過去
鏡頭收藏失落的街景
乎人想起懷念的老台灣

彼當時咱共款志氣
汝歡相阮寫字做夥去
走揣長長的烏溪邊
記錄咱的人民佮土地
汝是身阮著是影
鬥陣攀山閣過嶺
做夥行出台灣人的名聲

汝阮行過深深九曲巷
走揣巷內的打鐵聲
宓過霜凍的九降風
行佇瑤林街頂
講著半邊井的故事
行到埔頭街的公會堂
講著泉州人講話無相同
講著施黃許赤查某
講著廖添丁辜顯榮
講天講地講懸講低

看著一張一張的相片
想著一幕一幕的過去
鹿港扒龍船的五日節
龍山寺上元暝迎花燈
天后宮新正鬧熱時
大街小巷暗訪的時
袂凍閣看著汝

汝離開阮的身軀邊
行對西方極樂世界去
請汝款款行
許先生蒼澤是汝的名
寫著鹿港的名聲
汝的形影合鹿港的古城
共名

　　從這首台語詩，不難看出康原始終如一的鄉土情懷，藉由
許蒼澤鏡頭下的影像，穿過時光隧道，走進台灣歷史長廊，巡
禮鹿港大街小巷，聽打鐵聲、躲九降風、划端午龍舟、迎上元
花燈，康原念茲在茲的書寫議題，依然是庶民鄉土史的建構。

第四章　建構文學彰化／彰化文學

一、文學彰化／彰化文學

　　康原早在一九八二年《眞摯與激情》、一九八七年《作家的故鄉》、一九九二年《文學的彰化——彰化縣新文學作家小傳》、一九九三年《鄉土檔案》等作品中，已經透露其型塑彰化文學典範人物的企圖；之後出版的《彰化半線天》（2003）、《花田彰化》（2004）二書，康原在導覽彰化的過程中，必定以文學家及其作品簡介，豐富彰化的旅行地圖，如彰化的賴和：〈台灣新文學的原鄉——賴和紀念館〉；北斗的林亨泰：〈林亨泰枝頭上的哭聲〉、〈林亨泰的北斗經驗〉；鹿港的李昂：〈李昂與鄭羽書的彰化肉丸〉、〈談鬼說怪與殺夫的李昂〉；二林的洪醒夫：〈二林的野生作家洪醒夫〉；社頭的蕭蕭：〈朝興村的蕭蕭〉；溪洲的吳晟：〈東螺溪畔的吳晟〉；員林的林雙不〈側寫作家林雙不〉；福興的宋澤萊〈宋澤萊的詩與歷史〉。

　　如果說康原的《一條河的生命史——尋找烏溪》、《野鳥與花蛤的故鄉》所建構的鄉土記憶，是普羅大眾的庶民圖像，那麼完成於一九九八年的《尋找彰化平原》所建構的，則是屬於文化精英的精神傳承。

　　《尋找彰化平原》全書分爲五個部分：卷一「磺溪舊情話當年」收錄四篇文章，可以一窺彰化的開發史，對磺溪精神的闡發著墨甚深；卷二「賴和的親情與鄉情」收錄了以賴和爲

主的六篇文章，將賴和筆下的八卦山、彰化城一一呈現，並特別陳述其抵抗與批判的文學精神與愛鄉愛人的鄉土情懷；卷三「愛的追尋」以六篇文章，分別介紹林亨泰、吳晟、陳虛谷、楊守愚等在地作家，並整體歸納了自賴和以降彰化文學的特質與精神；卷四「彩繪土地之愛」共有七篇文章，分別介紹了在地的音樂家施福珍、攝影家許蒼澤、藝術家黃明山、陳來興、張國華、董坐等，為這些立足於彰化，以各種藝術形式紀錄鄉土的藝術家立傳；卷五「土地‧自然與文化」收錄五篇文章，對土地與生態環境的破壞提出控訴，另外則是從鄉土文化中的歌謠與俗諺剖析民風土俗，並對某些陋俗與迷信有所批判。全書從歷史、地理、自然生態、文學藝術、民間風俗、鄉土傳聞等多元視野，呈現彰化平原面貌與人文精神，以十八篇文章、超過全書五分之三的篇幅，書寫彰化地區文學家與藝術家，介紹作品與創作理念，以及根植於鄉土的台灣之愛。

《尋找彰化平原》，康原尋找的是彰化的人文精神，尋找被遺忘的文學家與藝術家。

彰化學

　　在《尋找彰化平原》中，康原以文學家與藝術家架構起一個具有歷史縱深與文學內涵的地理空間，他所「尋找」的彰化平原，乃是彰化的人文精神；這些生長於彰化的知名或被遺忘的文學家、藝術家，才是彰化之所以為彰化的意義所在。康原在〈彰化的文學精神傳承〉文末說：

> 透過彰化地區的作家陳肇興、賴和、楊守愚、林亨泰、陳金連、吳晟、洪醒夫、林雙不、宋澤萊等人的作品來說明，肯定證明「彰化地區」的文學精神，具備「批判性格」與「抵抗精神」，而且是一脈相承，流露出濃厚的鄉土情懷。
>
> 　　　　　（〈彰化的文學精神傳承〉，《尋找彰化平原》，頁143）

　　康原以「批判性格」與「抵抗精神」型塑彰化地區一脈相承的文學精神，這個文學精神，從賴和以降仍在彰化薪火相傳，歷歷可數的文學家、藝術家，建構起一個形而上的彰化風貌，這是無形的精神傳承，彰化的人文圖像。此外，在〈半線明月映礦溪〉一文中，康原也寫道：

> 台灣先賢黃呈聰曾說：「彰化的山靈鍾秀，自古以來，文物制度都是最發達的地方……彰化人好學、富於進取的精神，凡要革新的事，都是首創……理解新思潮的人，比較別的地方多……凡事若有理解，卻是向前直跑去了。這個毅然勇為的點，是彰化人的特點。」我們以文學人士來看，可說獨步全台，從早期的陳肇興、吳德功、洪月樵到日治時期的賴和、陳虛谷、楊守愚、謝春木…等，可說人才濟濟，奠定台灣的寫實文學基礎，延至到目前的吳晟、洪醒夫（已歿）、宋澤萊、林雙不等人，都為台灣留下了

最好的文學見證。

（〈半線明月映礦溪〉，《尋找彰化平原》，頁46）

　　不同於《一條河的生命史──尋找烏溪》、《野鳥與花蛤的故鄉》中大量廟宇傳說、民間歌謠、庶民生活、鄉間人物的採集報導，《尋找彰化平原》著重於為彰化文學藝術工作者立傳，型塑一個具有文學傳統的彰化的意圖極為明確。

　　賴和，是康原型塑彰化人文圖像、建構彰化文學傳承的書寫重心，康原認為，彰化精神就是賴和精神，賴和精神就是抵抗精神。以卷二「賴和的親情與鄉情」〈賴和筆下的八卦山〉一文為例，康原簡介八卦山歷史後，即引賴和散文〈城〉來印證八卦山大大小小的抗清、抗日事件，不僅寫出賴和的人格風範、現代思想，也在地理空間的古今對照中，窺見彰化今昔變化：

　　這些反抗統治的輝煌戰史，也曾出現在賴和的散文「城」之中，敘述著有關八卦山的事蹟：「……在這三五年必定有一次反亂的地方，百姓常常受到炮彈的洗禮……永過地方的百姓，所以要常常反亂的事實，有一位縣官，竟把那原因歸到太極山，講『此山漫無主峰，民故好亂』就在縣衙後疊一座假山，更在假山上築一座高閣，想借著風水上的原理，來鎮壓百姓好作亂的事實。可惜在當時一些也無效力，直到近幾年前，才把高閣移建太極山上，我不知道這次移築的人，有無同樣的用意，但是此後到今日，我們地方就真正安寧了，百姓也真向化，雖有過一次王字事件，究竟也歸到風影電跡中去，只多費官廳一番努力，所以就有人承認這高閣已發生效驗了。」……短短的片斷文字中，也嘲諷執政者迷信地理風水之邪說，以建高閣來破

風水，鎮壓愛反抗的彰化百姓……文中所指縣衙已經拆除了，是位於如今彰化商會的位置（彰化市城中北街十一號）；而所謂的「王字事件」是指一九二二年，在八卦山上的能久親王紀念碑，碑上的「王」字被挖掉之事。

（〈賴和筆下的八卦山〉，《尋找彰化平原》，頁101-102）

此文援引的賴和作品，尚有漢詩〈八卦山〉、〈初九早登八卦山風冷霧大〉、〈定寨〉以及現代詩〈低氣壓的山頂（八卦山）〉等。

賴和藉八卦山之景抒情，無論是「山色青青遠更濃，雨晴無定變雲容。木椿空記御遺跡，鐵砲長留破壞蹤。一片敗垣鳴蟋蟀，幾堆故壘種蒼松。」〈八卦山〉，或是「在這激動了的大空之下，在這狂飈的迴旋之中，只有那人們樹立的碑石，兀自崔嵬不動，對著這黑暗的周圍，放射出矜誇的金的亮光，那座是六百九十三人之墓，這座是銘刻著美德豐功。」〈低氣壓的山頂（八卦山）〉，都可以看見賴和的磊落精神與抵抗殖民者的寓意；康原逐一引用，分析其意象、比喻，說明偉大的作家，其作品離不開土地與人民，因此，「不知道是八卦山的英靈造就了賴和，或是賴和使八卦山永垂不朽的流芳百世。」[1]

如果說「八卦山」是彰化的地標，那麼康原所型塑的「八卦山」則在歷史與文學傳統的縱深中成為彰化的精神象徵，而此精神象徵，又與「台灣新文學之父」賴和的作品結合，從而使「八卦山」與「賴和」成為彰化人文精神的意象。[2]

接下來卷三至卷／四的十三篇文章，從〈彰化文學的精

1 康原，《尋找彰化平原》，台北：常民文化，1998，頁108。
2 其他如〈賴和筆下的彰化城〉、〈賴和詩中的古井〉、〈賴和先生的親情〉、〈台灣文學與賴和紀念館〉、〈從賴和到林雙不〉等篇，都可看見康原藉型塑賴和精神，建構屬於彰化文學精神的意圖，而這樣的文學精神正是賴和「我生不幸為俘囚，勇士當為義鬥爭」的抵抗精神。

神傳承〉一文開始，康原無不以賴和文學中的抗議精神爲主軸，建構文學彰化／彰化文學譜系：如清領時期的彰化舉人陳肇興，其文學作品「具高度社會寫實風格，反映農民食、衣、住、行的困境，對社會流露出濃厚的關懷，有一部分詩作描述戴潮春革命時期的社會情況，其詩作流暢易懂，因此影響彰化地區文風頗多」[3]；日治時期的楊守愚，小說作品描繪小市民、農人、工人等卑微人物的生活，暴露日警的殘暴與殖民者的剝削；戰後作家如洪醒夫的《黑面慶仔》、林雙不的《筍農林金樹》、宋澤萊的《打牛湳村》、吳晟的《吾鄉印象》，都傳承了彰化文學爲弱勢者代言的抗議精神、抵抗精神。

綜觀全書，康原意欲「尋找」的彰化平原，實爲文學的彰化／彰化的文學，康原藉著作家人格風範的描繪，呈現彰化知識菁英的人文圖像，型塑具有人文縱深的地理空間。

二、礦溪精神／抵抗精神

康原一九九六年《一條河的生命史──尋找烏溪》的寫作主題，除了前章分析的庶民精神的傳承與先民的墾拓歷史，還包括烏溪流域歷代人物的抵抗精神，從清領時期的戴潮春、林爽文、邱逢甲到日治時代的林朝棟、林獻堂、陳虛谷，他們留下的共同典範，就是抵抗精神：抵抗外來政權、抵抗殖民壓迫、抵抗不公不義。從歷史典籍到民間傳聞，從古蹟尋訪到耆老口述，康原一再強調的就是這種精神。試看他對大肚溪抗日史實的描述：

這條大肚溪在台灣的抵抗統治者的戰役中，扮演過相當重要的自然防線，就像一八九五年，滿清與日本訂立「馬

3　康原，《尋找彰化平原》，台北：常民文化，1998，頁142。

關條約」把台灣割讓給日本。彰化仕紳丘逢甲倡議台灣獨立，成立第一個亞洲共和國——「台灣民主國」。……一八九五年八月日軍攻下葫蘆墩（豐原），迫近大肚溪……二十五日在渡過大肚溪時遭徐驤伏擊，又被吳湯興援軍所敗，日軍不能渡大肚溪……直到二十八日日軍偷渡大肚溪成功，在八卦山展開激戰，吳湯興和李士炳中彈死亡，吳彭年也身亡，二十九日彰化城陷落。這場大肚溪爭奪戰中，我們可以看出台灣人不屈於異族統治的保鄉衛民之精神，堪爲後世的典範。「台灣民主國」雖只有四個月的壽命，談不上什麼政治、經濟、教育、文化的作爲，但是站在今日強調「台灣主權獨立」的立場來看，這些英勇的事蹟是多麼值得學習。

（〈溪畔沉思〉，《一條河的生命史——尋找烏溪》，頁61-62）

　　康原站在「台灣主權獨立」立場審視這段激烈的抗日歷史，是以台灣爲主體，強調抵抗殖民入侵、保衛鄉土的精神，迥異於過去黨國教育以蔣介石爲中心所高舉的「八年抗戰」的抗日精神；文中所述人物，除邱逢甲較爲台灣人認識外，其餘都是陌生與空白的記憶。康原把這些抗日人事重新挖掘出來，藉以突顯抵抗精神的傳承，見證烏溪並非無史，並非沒有「千古風流人物」。

　　大肚溪口彰化和美的塗厝，還有一位一九三〇年代作家陳虛谷，這個深受賴和抵抗精神影響的作家，康原在一九九〇年代拜訪其舊宅：

　　我想到前年與呂興忠先生來訪問陳虛谷的舊宅，這位三十年代的台灣文學家，曾是台灣文化的啓蒙者，他的作品揭露了個人的心靈，反映出田園生活的遐想；也反省過台灣

人的奴化性與劣根性，渴望一個自由、民主、平等的社會。這位前輩詩人的詩有陶淵明的自然與天趣交融，有對台灣人民悲憫的心境；寫著「曉向園中采花去，至今猶帶一身香」、「兩三燈火來還去，知是村人照水蛙」〈村居雜詠〉這種鄉居生活的悠閒是詩人的情懷；而如〈春穫〉的詩句「可憐筋骨方勞瘁，門外催租已有人」這是對佃農的同情，這樣的一位悲天憫人的台灣文學家，就是出生在離大肚溪口不遠的堤岸邊。」

（〈溯著河畔，尋找烏溪〉，《一條河的生命史——尋找烏溪》，頁23）

　　畢業於日本明治大學的陳虛谷，曾參與台灣文化協會、台灣議會設置請願運動，為啓蒙台灣民智，到各處演講，一九三二年台灣新民報創刊，擔任學藝部主編，作品雖然不多，兩篇以日本警察為描述對象的小說〈無處伸冤〉、〈他發財了〉，刻畫殖民者壓迫被殖民者的嘴臉，在日治時期新文學運動中，留下可貴的足跡。康原寫陳虛谷是「台灣文化的啓蒙

《一條河的生命史——尋找烏溪》是台灣庶民最眞實的生活經驗。

者」，一九三○年代台灣文化啓蒙運動，就是對日本統治者柔性抵抗的文化運動，許多作家以文學作品抵抗殖民者的壓迫，生長在大肚溪畔的陳虛谷，沒有在這場文化運動中缺席。

順著大肚溪上溯，來到烏溪北岸早期開發的聚落——霧峰，定要提到對日治時代文化運動影響深遠的林獻堂及其先祖林朝棟，他們都曾以不同方式抵抗日本殖民統治。康原在走訪霧峰古蹟林家花園之後，以〈宮保第前憶當年〉詳細回顧林朝棟於一八八四年與劉銘傳抵抗法國入侵、一八九五年高呼誓死抗日的事蹟，藉此印證民間美談：「日本憲兵若出門，紅的帽子手拿刀，第一盡忠林朝棟，第一驚死林本源」。林家不屈於異族統治的精神，傳承到了林獻堂、林烈堂這對堂兄弟身上，只是武力的抵抗轉為文化的抵抗，無論是「台灣文化協會」、「台灣議會設置請願運動」、或是各種以台灣觀點創立的報刊，林獻堂在在顯現不願成為日本人御用士紳，利用特權、牟取利益；深具抵抗精神、啓蒙台灣人民的文化人形象。康原給林獻堂的評價是：

> 從林獻堂在日治時代的活動，顯然以創辦新聞機關最有意義，對於從事文化活動與文學創作的人，必須記住文化人的骨氣，其精神感召將留給後代做榜樣。
>
> （〈宮保第前憶當年〉，《一條河的生命史——尋找烏溪》，頁100）

其實，霧峰林家的抵抗精神，是前有所承的。早在清領時期，他們的先祖林爽文，因不滿清廷獨斷壓迫、剝削台灣人民，起而反抗，造成有史以來規模最大的「民變」，就是抵抗精神的展現。康原寫到大肚溪畔的「田中央莊」時，尋訪當地三百年歷史的「萬興宮」，與在地耆老吳錦樟先生訪談時，談到林爽文攻打田中央莊，萬興宮三府王爺顯聖相助的傳說，雖

則林爽文最後兵敗被捕，凌遲致死，但康原不以「民變」觀點視之，而以「革命」精神加以詮釋：

> 最後林爽文於竹南被捕，歷經一年三個月，餘波震盪牽動全島的革命終告結束。後人對林爽文起義持肯定的看法，對反抗統治者，開拓農民抗議光復台灣的精神，顯示出台灣先民的抗議精神，那種不甘願被異族統治的精神，成為台灣歷史上不可抹滅的一頁⋯⋯當然，缺乏知識性的領導，其建國也是草率的！然而，林爽文的戰役用掉滿清一千萬兩的經費，徵調軍隊十萬之多，也足以令統治者懼怕。」這樣的分析，當然，也給台灣人獨立建國帶來了啟示。

（〈溪畔沉思〉，《一條河的生命史——尋找烏溪》，頁61）

　　林爽文事件之後的戴潮春事件也與烏溪相關，〈尋找古戰場〉寫的就是響應戴潮春起義的洪欉抗清事件，所謂「古戰場」，即洪軍與清兵激戰所在地，烏溪南岸——南投草屯北勢湳。康原多方查詢，發現大部分草屯鎮民都不曾聽過這場戰役，輾轉訪尋當地耆老，才找到一些遺跡：

> 里長洪維庚告訴我說：「咸豐十一年，台中四張犁人戴潮春不滿外來政權清軍，率眾抗清至一八六四年三月，北勢湳的鄉賢洪欉響應，為北王，登八卦山，攻彰化城，拆彰化縣城衙杉木，來蓋太子樓（金樓仔底）。」可惜太子樓已倒塌拆除了，在太子樓舊址區，如今仍保留了幾塊當年蓋太子樓用的材料⋯⋯北勢湳因洪欉的反抗，曾遭清軍全莊燒燬，洪姓族裔後來棄莊離散，大多遷入埔里，部分散入近莊，可見當時之慘狀，事後再返鄉重建，今村內洪姓

> 住民係多洪姓後裔……這個村莊曾為了洪欉的抗清全村燒
> 燬，北勢湳也因為洪欉的抗議外來政權而留名青史，在這
> 塊土地上胼手胝足的先民，也永遠忘不了先祖們勇猛迎戰
> 異族的事蹟。
>
> 　　（〈尋找古戰場〉，《一條河的生命史──尋找烏溪》，頁147）

　　戴潮春最後被捕，回答清廷台灣兵備道丁日健「為何率眾
造反？」時說：「這是本藩一個人起意，與百姓無關。」因拒
絕下跪，當場被斬，其響應者林日成、洪欉、嚴辦、呂梓等，
仍分散各地繼續抵抗，先後共達四年之久，是清領時期為時最
長的「民變」。康原以「抗議外來政權」、「勇猛迎戰異族」
詮釋戴潮春、洪欉的歷史事件，所揭示的仍是抵抗精神。

　　走過歷史滄桑，康原感慨在地子孫對鄉土人物史跡的無
知，對先人精神的陌生；探尋烏溪過程中，康原試圖重新定義
及建構重要歷史事件和人物精神，重新塑造集體記憶，就是要
建構以台灣為主體的文化性格，凝聚庶民記憶，認同台灣文
化，建立台灣史觀。

　　一九九八年，康原為彰化縣政府文化節編著的導覽手冊
《八卦山文史之旅》，最具特色之處在於將昔時彰化文人的文
學作品穿梭於舊有的歷史古蹟文物當中，文學作品與歷史景點
對話，讓今人在目睹文物古蹟的當下，更能感受彰化文人的精
神典範。

　　《八卦山文史之旅》序文〈歷史上的彰化〉，開宗明義即
說明彰化的人文精神為「磺溪精神」，而「磺溪精神」正是所
謂的「抵抗精神」：

> 今天，我們要認識歷史上的彰化，不得不先知道三百多年
> 來先輩所樹立的「磺溪精神」，它代表著彰化地區的人文

精神與地方性格。從先民開拓彰化之歷史，可說飽經憂患，歷經滄桑，其披荊斬棘、開疆拓土之精神，永遠是子孫的典範，從抗清運動中的林爽文、陳周全、戴潮春、施九緞等人領銜之戰役；到日據時代彰化地區的新文學作家謝春木、賴和、楊守愚、陳虛谷、王白淵、黃呈聰、王敏川等人，都是反抗不公不義的象徵……文化成為抗暴的主力，是彰化文學的傳統：批判與抗議成為彰化文化的性格。[4]

康原接著回溯「磺溪精神」的起源，從「磺溪美術社」、「磺溪同人會」、「磺溪書院」，到日治時期台灣留學生組成的「磺溪同鄉會」、以賴和為首的「磺溪學會」；康原引述王燈岸的說法：「磺溪的傳統精神就是富有民族正氣與道德勇氣，把自己的生命當做歷史，只知道價值而不知價錢，能犧牲自己去超度別人，不是壓迫別人而提高自己，為造福人群而願意犧牲自己的精神」。[5]

這篇序文實際上取自《尋找彰化平原》卷一、第一章〈半線明月映磺溪〉，從「彰化平原」到「八卦山」，顯然康原編寫《八卦山文史之旅》是以八卦山作為彰化意象，以磺溪精神作為彰化精神，以抵抗精神作為磺溪精神主軸，藉此型塑彰化知識菁英人格風範、建構彰化人文風貌。

一九二〇年台灣新文化運動興起之際，彰化知識份子扮演相當重要的角色，當時日本殖民統治者甚至有「其一言一行帶給本島三百萬民心以極大的暗示和共鳴」的評論，[6]以日本統

4　康原，《八卦山文史之旅・磺溪舊情》，彰化：彰化縣文化中心，1998，頁9。
5　同上註。
6　台灣總督府警務局編《台灣社會運動史2文化運動》：「中部本島人的上流社會，傳統上其思想的進步遠較南北兩地為優，這是一般所公認的，而他們之中其見識抱負不可輕視者也委實不少。他們的思想，可視為一般本島人知識階級的代表。因此其一言一行時而帶給本島三百萬民心以極大的暗示和共鳴，殆無

彰化學

治者的觀點來看，中部知識份子的思想可爲全台代表，其言行足以引領風騷，引起台灣人民共鳴，可以想見當時中部地區文風鼎盛、人文薈萃的狀況。

　　型塑文學彰化／彰化文學的使命感，不僅讓康原幾乎年年有報導彰化的作品問世，[7]也讓他積極投入彰化文學地景的規劃，包括「八卦山文學步道」（2000）、「文學之門：文學彰化新地標（賴和詩作〈前進〉）」（2003）、「洪醒夫紀念公園」（2005）等；作爲「尋找彰化平原」的文史工作者，作爲型塑彰化人文圖像的報導文學家，同樣出身彰化的詩人蕭蕭認爲，康原一直在做的，是文化的「返鄉」工作。[8]自從二十多年前受鄉土文學論戰啓蒙，驚覺對斯土斯民的無知與陌生，從未離開家鄉的康原，開始「返鄉」，「尋找」自己家鄉的歷史與文化，這樣的歷程，也見證了百年來被殖民統治的台灣子民在自我認同上的困境與覺醒。

　　康原在獲得「第八屆全國社區大學優良課程」得獎感言中說：「我個人認爲文學可寄寓歷史，文學要描寫社會，寫出土地上廣大群眾的心聲；歷史也可以很文學，以文學的表現方式來書寫生活，用常民的角度來反映現實，每個人都可以不同的形式和觀點來表述自己社區的歷史，這種大眾史學，人人都是歷史主角，歷史都由大眾來書寫，這是我極力推廣和身體力行的。」誠如施懿琳在《尋找彰化平原》的序文中所言：「八〇年代以後，若要談及彰化地區的文壇，康原絕對是位值得記

疑義。」台北：創造，中譯本，1989，頁3。

7　如《影像中的老彰化》（2000年）、《賴和與八卦山》（2001年）、《彰化半線天》（2003年）、《花田彰化》（2004年）、《野鳥與花蛤的故鄉》（2005年）、《八卦山下的詩人──林亨泰》（2006年）、《人間典範全興總裁》（2007年）等書。

8　蕭蕭〈囝仔歌：台灣新詩的舊田土〉認爲：「康原一生志業之所在，都在返回彰化的路途上，他一直在做的是文化的『返鄉』工作。」，收錄於蕭蕭《土地哲學與彰化詩學》，台中：晨星，2007，頁158。

上一筆的作家。主要的原因在於：他充分實踐了『在地人寫在地文』的愛鄉情懷。十多年來，一直與自己生長的土地——彰化，牽繫著濃厚的情緣。他不激烈，也不虛誇，只是本著對故鄉的愛，不斷地觀察，不斷地探尋，不斷地構思，不斷地講述，不斷地書寫。」

綜觀康原報導文學中呈現的人文彰化，有屬於庶民生活的廟宇民俗、民間傳說、庶民臉譜，也有屬於知識份子傳承的彰化文學；從《一條河的生命史——尋找烏溪》、《尋找彰化平原》、《八卦山文史之旅》到《野鳥與花蛤的故鄉》，從漢寶村到烏溪到彰化平原，康原不僅踏查當下具體的「漢寶村」、「烏溪」與「彰化平原」，更要從歷史、文學與人物中，建構屬於彰化的庶民精神與文學傳統，正如劉還月在《尋找彰化平原》序文中所說：

> 《尋找彰化平原》是康原致力於鄉土史建構的另一個重要里程碑，在這裡面，有歷史的風采，有土地的變遷，有文學家的土地之情，有藝術家的土地素描，更有豐富多元的風土記事，透過如此一本鄉土誌，重新認識彰化平原不同的人文與土地風情！

從文獻史料的爬梳、耆老的訪談、民間俗諺歌謠的採集，到文學作家作品的引述導覽，康原這種持續不斷的熱情，誠如蕭蕭所言：

> 試看台灣各縣市作家群中，幾曾出現如康原這樣為自己的家鄉、為自己的同鄉信仰如此堅定的人？試看在人物典範的挖掘上，又有誰表現得像康原這樣有聲有色…為台灣留下不少珍貴史料。這就是康原在彰化典範人物的塑造上，

走向「彰化學」的穩當的第一步。[9]

雖然蕭蕭認為康原的作品內容，常常失之雜蕪不菁，論述深度廣度不足，但仍無損於他對「彰化學」、對人文彰化建構的貢獻；康原自點（書寫漢寶村史）到線（尋找烏溪）以至於面（尋找彰化平原）的探索，所體現的，其實就是他自己所主張的，充滿活力、韌性堅強的庶民精神。

9　蕭蕭，〈囡仔歌：台灣新詩的舊田土〉，《土地哲學與彰化詩學》，台中：晨星，2007，頁150。

第五章　台語詩歌的鄉土美學

　　如前所述，康原對鄉土的關注與書寫，啓蒙自一九七七年的鄉土文學論戰，但是一直要到一九九〇年後期，才開始台語詩歌的創作。

　　回顧戰後台語詩歌發展，由於戒嚴體制下推行國語運動的語言歧視政策，從學校教育到公開場合，台灣本土語言或者不准說，或者不能講，遑論以之進行詩歌創作、公開發表；直到一九七〇年代鄉土文學運動，隨著黨外民主運動勃興，戒嚴體制開始鬆動，包括語言在內的本土文化重新得到重視，大部分創作者也逐漸體察到，文學須從土地與生活中孕育，才能引發共鳴。

　　一九八七年政治解嚴，更是戰後台語詩歌創作的重要轉折，如同林央敏所說：「從七〇年代的『方言詩』躍進八〇年代的『台語詩』，並且擴大成『台語文學』之後，由於越來越多人投入台語文寫作，報刊上可見台語文學作品以及理論越來越多，再配合政治上的民主抗爭與文化上的本土呼聲，到了一九八八年左右，台語文學在台灣文學界已經形成一股運動力量」；[1]一九九〇年，鄭良偉編注《台語詩六家選》（前衛出版）選錄林宗源（1934～）、黃勁連（1947～）、黃樹根（1947～）、宋澤萊（1952～）、向陽（1955～）、林央敏

1　林央敏，〈台語文學論戰始末〉，《台語文學運動論集》，台北：前衛，1997，頁56。

（1955～）各家一九七〇年代以來作品；一九九一年，林宗源、林央敏、李勤岸（1951～）、陳明仁（1954～）、黃勁連等人成立「蕃薯詩社」，發行史上第一本純台語文學雜誌《蕃薯詩刊》；一九九三年，教育部公布新課程綱要，將母語納入語文學習領域，本土化教學風氣漸開，九年一貫教育將台灣閩南語、客家語及原住民語言列為本國語言教學課程之一，母語教學正式進入教育體制；廖瑞銘為康原《台灣囡仔的歌》作序時，開首即說：「一九八〇年代中期以來，經過二十年的母語復育運動，說母語、書寫母語、保存母語已經形成共識」；[2]康原正是在此母語復育運動已成共識的年代，開始他的台語詩歌創作。

　　探討康原台語詩歌創作，須從他的鄉土書寫脈絡入手，如前二章所述，康原以家鄉彰化為中心的系列報導文學，主題無不圍繞與其個人生命息息相關的土地與人民，試圖藉此建構彰顯庶民精神的在地鄉土史，其台語詩歌創作即延續此一寫作方向。

　　一九九四年起，康原與施福珍合作出版了四本囡仔歌謠：《台灣囡仔歌的故事》一、二集（自立晚報社，1994）、《台灣囡仔歌的故事》（玉山社，1996）、《囡仔歌》[3]（晨星，2000），這些作品結合了施福珍囡仔歌曲譜與歌詞、王灝的插圖以及康原的詮釋賞析，可以視為康原台語詩歌創作的蘊釀階段，深刻影響他後來台語詩歌的形式與風格。

　　一九九九年，康原參與施福珍主持的「彰化縣的民間文學調查」工作，二〇〇〇年出版《二林、大城、芳苑民間文學16》專集，針對流傳民間的諺語、歇後語、童謠以及歌謠四類

2　廖瑞銘，〈用母語記錄土地的節奏〉，康原《台灣囡仔的歌》序，台中：晨星，2006，頁8。

3　《囡仔歌》已於2010年由晨星出版社改版更名為《囡仔歌——大家來唱點仔膠》重新發行上市。

《囡仔歌——大家
來唱點仔膠》是康
原和施福珍合作的
囡仔歌書籍，收錄
近50首施福珍創作
的囡仔歌。

收集，這些來自民間文學的滋養，無論在形式亦或內容上，豐
富了康原這個時期的台語詩歌創作。

康原台語詩歌創作，始於一九九九年彰化縣文化局出版
的《六〇年代台灣囡仔——童顏童詩童歌》，其中包括二十九
首康原為許蒼澤鄉土攝影作品而寫的童詩；二〇〇一年，康原
出版個人詩集《八卦山》，同年，配合余燈銓雕塑作品，出版
《台灣囡仔歌謠》；二〇〇五年，為《不破章水彩畫集》寫作
題詩五十首；二〇〇六年，出版《台灣囡仔的歌》，由曾慧青
譜曲；二〇〇九年，再次配合余燈銓雕塑作品，亦詩亦文，出
版《快樂地 余燈銓雕塑集》；二〇一〇年，運用台灣諺語、
民俗節慶、童玩遊戲素材、台灣植物編成童謠，由張怡嬅、
曾慧青、林欣慧、賴如茵譜曲，出版《逗陣來唱囡仔歌Ⅰ——
台灣動物歌謠篇》、《逗陣來唱囡仔歌Ⅱ——台灣民俗節慶

篇》、《逗陣來唱囡仔歌Ⅲ——台灣童玩篇》、《逗陣來唱囡
仔歌Ⅳ——台灣植物篇》共四冊，皆由晨星出版社出版，試圖
讓孩子們透過歌謠傳唱，學習鄉土語言，認識台灣傳統文化；
這些以囡仔歌爲大宗的台語詩歌創作，對康原個人而言，是他
一九九〇年代以來鄉土史書寫的延續，[4]對鄉土文學運動以來
的本土文化追尋而言，這是回歸「兒童啓蒙」的基礎工程。康
原自敍其歌謠創作的理念：

> 十年來，筆者將收集的民間文學運用到文學及歌謠創作
> 上，把傳說故事寫入常民生活史中，運用俗諺做創作台語
> 詩的意象。運用繞口令來寫歌謠，作爲台語詩歌的素材，
> 從台語歌謠中去談民俗，並在彰化市社區大學開「台灣諺
> 語課程」……希望能延續台灣民間文學的精神，延續台灣
> 語言的命脈，建立以台灣爲主體的文化。[5]

　　綜觀康原十餘年來台語詩歌創作，皆以囡仔歌的形式與風
格爲基調，即使不以囡仔歌之名的個人詩集《八卦山》以及爲
《不破章水彩畫集》寫作的題詩亦然；通過台語詩歌創作，康
原意欲建構的是，以台灣爲主體的文化；康原所召喚的，是一
個屬於兒童的純眞年代的鄉土記憶。

一、康原詩歌童謠創作的啓蒙

　　康原台語詩歌創作的啓蒙，要追溯到他青少年時期於秀水
農校五年制綜合農業科就讀時期的音樂老師施福珍，在〈走出

4　2001年，康原出版第一本台語詩集《八卦山》，路寒袖作序即指出，康原之前
　　三十餘部著作，主題與素材無不扣合他呼息生活的土地與生民，《八卦山》應
　　當視爲康原恆常關照的題材的延續，而台語詩歌的創作，則開拓了新的寫作
　　領域。路寒袖，〈動耳的歌謠〉，《八卦山》序，彰化市：彰化縣文化局，
　　2001，頁17。
5　康原，〈民間文學的採集與運用〉，彰化縣：《彰化文獻》第12期，頁8。

《逗陣來唱囡仔歌Ⅰ～Ⅳ》主題各爲台灣動物、民俗節慶、童玩、植物。收
錄康原150首經典的囡仔歌創作。

彰化學

寂寞坎坷的路——施福珍的童謠世界〉一文中，康原回憶印象中一九六〇年代的施福珍：

> 民國四十九年，我讀初中一年級。音樂老師施福珍先生是一位未婚的單身漢，高䠷的身材充滿熱情、奔放的活力。他的教學活動令我們感到洋溢著青春的愉悅。當時，學校正如火如荼的推展說國語運動，平常不准學生講台語，但施福珍老師上音樂課時，卻教導我們唱「台灣民謠」；比如耳熟能詳的〈丟丟筒仔〉、〈白鷺鷥〉、〈搖子歌〉等曲子，有時候邊唱邊跳，使音樂課逸趣橫生，也讓我們了解「阿母的歌」的可愛與淳樸。在那個時候，許多人把台灣的本土音樂，視為不入流的末道小技，甚至有人批評台灣的歌謠是低級下流，有些人故意貶低台灣歌謠，說台灣歌謠不樂觀進取。但施老師不管別人的批評與指責，我行我素的告訴我們「要以鄉土音樂為根，以音樂培植本土精神」。那時候，我們不懂他說些什麼？只感覺到他是一個異類，跟許多崇洋的老師不同，當他詮釋唸謠：「搖仔搖，嬰仔愛睏愛人搖。」時，我們猶如躺在阿母的懷抱，聽有韻律的樂音，感到非常舒暢愉悅，彷彿就要入睡了。[6]

施福珍，一九三五年生，彰化員林人，畢生推動本土兒歌創作與教學，曾獲台灣省第一屆特優文化藝術人員。一九六〇年代戒嚴氛圍下，全台各地流行〈哥哥爸爸真偉大〉、〈妹妹揹著洋娃娃〉、〈我家門前有小河〉等兒歌和〈老黑爵〉、〈蘇珊娜〉等外國民謠時，施福珍對「阿母的歌」的執著與

6　康原，〈走出寂寞坎坷的路——施福珍的童謠世界〉，《台灣囡仔歌的故事》前言，台北：自立晚報，1994，頁10

實踐，除了音樂教育，還表現在他的台語童謠創作上，包括〈點仔膠〉、〈羞羞羞〉、〈大箍呆〉等膾炙人口的作品，他不僅教唱這些作品，希望孩子們唱出自己土地的歌，甚至在一九七九年退休後，仍然熱心推展台灣兒歌及歌謠的教育工作，並且自掏腰包，不計酬報；向陽認為，「這樣默默為理想耕耘不懈、不怨不悔的精神，彰顯的，是台灣人心靈世界中原有的，卻因長久被統治而喪失的『開拓』典範。那曾在日本治台年代中，眾多台灣人知識份子的身上洋溢的『要做開拓者，莫做憨奴才』的樸實精神，充分地在施福珍先生的奮鬥過程中展露了出來，並且讓人深受感動」；[7] 向陽同時指出，這些童謠創作的背後，是一種潛藏在台灣人心靈深處的「反抗意識」：

> 「悲哀」與「反抗」，築出了台灣人追求做為台灣這塊土地上的主人的複雜的心靈世界。即使是在台灣的兒歌中，這樣的心靈世界也是隱然地流露著，在今天為一般人熟知的〈天烏烏〉這首兒歌中就有「日頭暗，找無路」的悲懷；在一般人比較不熟知的〈古井水雞〉唸謠中，則有著「一隻水雞，跋著深古井，等待落雨井水溢，才有咱的出頭天」的反抗性格的流露。無論如何，潛在於台灣人心靈深處的複雜情懷，都顯示出了一個四百年來遭受外來政權統治，無法自主的悲哀，以及從而孕生的反抗意識，就是台灣的囡仔歌其實也沒有例外。[8]

事實上，一九九四年康原與施福珍合作出版《台灣囡仔

---

7 向陽，〈為台灣囡仔來照路〉，《台灣囡仔歌的故事》序，台北：自立晚報，1994，頁3。
8 同上注，頁2。

歌的故事》之前，施福珍的作品從未灌錄唱片，也未編印成書，如同簡上仁所說：「施福珍先生是崛起於一九六〇年代的作曲家中，寫作台灣童謠最力的一位，數量多，質也頗受讚賞，……施福珍的作品，除了透過他所指導的合唱團傳播出去外，從未灌錄唱片，也未正式編印成書出版。」[9]；簡上仁同時透露了施福珍囡仔歌謠〈點仔膠〉和〈羞羞羞〉另類傳唱方式的一段故事：

> 民國五十六年元月，許常惠教授舉辦師生作品發表會，會中施福珍發表了〈點仔膠〉、〈羞羞羞〉、〈點仔點叮噹〉、〈新娘仔〉及〈秀才騎馬弄弄來〉等五首童歌。正巧當時在現場聆賞者；有田尾國中校長兼全國童子軍國家訓練營訓練員趙錦水（現任台灣省教育廳第五科科長）及彰化縣童子軍理事會總幹事楊樵堂。趙先生和楊先生都是熱愛音樂的教育行政專家。他倆深受這五首童謠所感動，乃於會後索回詞譜，提供給彰化縣童子軍練唱。其後經由彰化縣童子軍在一次全省童軍聚會活動中演唱。果然，一唱而紅，各縣市童軍競相錄音攜回演練。其中的〈點仔膠〉和〈羞羞羞〉兩曲，更是一而十，十而百的輾轉相傳，廣為流傳。[10]

在那個政府推行「國語」不遺餘力的年代，施福珍的童歌透過童子軍活動而廣為流傳，恐怕也是創作者始料所未及。

一九九四年起，康原與施福珍合作出版了四本囡仔歌謠，透過康原對歌謠音韻與歌詞內涵的詮釋賞析，施福珍的創作理

---

9 簡上仁，〈台灣童謠的園丁——施福珍〉，《台灣囡仔歌的故事》序，台北：自立晚報，1994，頁6。
10 同上注，頁7。

〈點仔膠〉，《囡仔歌——大家來唱點仔膠》，晨星，頁20-21。

念及其對鄉土民情風物的熱情，因此得以有系統地呈現；例如，康原以〈來員林吃椪柑〉為例，說明施福珍具有鄉土韻味的童謠創作乃是為了「尋回失落的鄉土之音」：

> 此曲以具有「水果王國」之美譽的員林地區盛產椪柑為題材，歌曲中以「員林椪柑」人人垂涎欲滴為號召，這首曲子表達出對故鄉盛產椪柑引以為榮；另一方面以歡迎「來員林吃椪柑」，以便盡地主之誼來招待客人，在唱歌之際推銷家鄉特產。……像這樣頗具地方色彩的童謠，以敘述地方特色開始，讓孩子先從認識故鄉特產著手，以「擁抱鄉土」開始，進而推展「熱愛國家」的胸懷來教育孩子，……對於本土化精神的培養，唱童謠也是一個重要法門。在歌詞之中，保存了頗具地方特色的語言，這種鄉音的魅力，可以拉近彼此的感情。誰能否認，以地方語言吟

詩、唱歌、溝通一定比用別人的語言更為生動。地方的語言是一種文化資產，是祖先留下來的傳家寶，所以，一定要善加保護。[11]

康原認為，這首以員林盛產的椪柑為題材的童謠，可以讓孩子認識故鄉特產，從「擁抱鄉土」開始，進而培養本土精神，同時透過地方語言的「鄉音的魅力」拉近彼此的感情，因此，地方語言是文化資產，是祖先留下來、一定要善加保護的傳家寶。

康原對施福珍作品的整理與出版，不僅完成一系列台灣囡仔歌讀本，更在詮釋賞析過程中，融入鄉土記事、常民生活、台灣諺語、俚語及民間傳說故事等素材，與其當時所從事的田野調查、鄉土書寫的寫作議題息息相關；試看幾段康原對施福珍作品的詮釋：

> 台灣有句諺語說：「天上最大是天公，世間尚大母舅王。」這句話訓示我們舅舅是很有地位的，每當逢年過節都要請舅舅。結婚時，舅舅一定坐上座之席，其他的客人是不能坐這個位置的。這首〈阿舅來〉是描寫一位母親，一面篩米飼雞，一方面抱著小孩，然後告訴小孩養雞最主要的目的是招待舅舅……
>
> （〈刣雞請阿舅〉，《台灣囡仔歌的故事1》，頁33）

日據時代，台灣有許多作家，以描寫日本警察對百姓的刁難欺壓，來表達反抗日人的統治心聲。這首流行的民間唸謠，唱出民眾怕警察情況。比如「見著警察，磕磕爬」，

---

11 康原，〈走出寂寞坎坷的路——施福珍的童謠世界〉，《台灣囡仔歌的故事》前言，台北：自立晚報，1994，頁11。

也就是說「看到警察，腳瘂手軟，站立不起來，只好用爬行的」，只為緊張就「弄破碗公四五個」…之後求警察「大人啊！饒命」，大聲說出「阮後擺不敢賣」。日據時代賣東西是違法的，但一些百姓為了生活，也只有與警察玩捉迷藏的遊戲了……歌謠常常是表現當時社會的生活情況與時代背景，也是時代的心聲，從這首歌詞就可見一斑。

（〈油炸粿〉，《台灣囡仔歌的故事1》，頁44）

「七娘媽」是兒童之守護神。民間信仰此神，乃以為十六歲以下兒童，均受七娘媽的庇護，所以，許多人都會在兒童週歲前後，往寺廟祈願，請求七娘媽加護，而以古錢，或銀牌、鎖牌、串紅絨線為繫，懸於兒童頸上，以求庇護。這首「七月七」是一位未出嫁的少女，面對「七娘媽」祈求並許願……

（〈七月七〉，《台灣囡仔歌的故事1》，頁53）

「枝仔冰」是用黑砂糖及冷水製造的冰棒，價錢低廉，頗受鄉下小孩的喜愛，在鄉下吃「枝仔冰」是相當時髦的一件事情，能夠有零用錢買「枝仔冰」的小孩，是夥伴們羨慕的對象。這首〈員林的枝仔冰〉，利用「枝仔冰」、「囡仔丁」、「迎古燈」、「媽祖宮」、「尋醫生」作為押韻，這些韻腳大部份取自眼前的風物……歌詞的押韻採用員林、永靖地區語言的濃厚鄉音，其腔調en，在唱的時候韻尾要輕咬舌頭，唱起來別有一番趣味。

（〈員林的枝仔冰〉，《台灣囡仔歌的故事2》，頁77）

從〈刣雞請阿舅〉延伸到諺語「世間尚大母舅王」，從

〈油炸粿〉連結到日據時代以來台灣百姓對警察的觀感，從
〈七月七〉引出「七娘媽」民間信仰的祈福細節，從〈員林的
枝仔冰〉分析獨特鄉音在歌謠韻尾的使用；凡此以施福珍囡仔
歌為核心的文史梳理及鄉土風情補述，透過民間諺語、時代背
景、民間信仰、地方風物的佐證說明，康原讓這些囡仔歌有了
更活潑的生命力、承載了更豐富的歷史人文內涵。

　　康原曾說：「沒有屬於自己土地上的歌的音樂文化，是沒
有資格談『音樂無國界』的狂妄之語」；[12] 從報導文學的鄉土
書寫到施福珍囡仔歌謠的整理詮釋，康原始終貼近常民生活，
聆聽來自鄉土的聲音，取之不盡用之不竭的也正是來自於此的
書寫靈感；從創作脈絡來看，正因為施福珍囡仔歌的啟發，康
原終而踏上自己的台語詩歌創作之路。

　　探討康原台語歌謠創作的意義，還可以從他對賴和的推
崇切入；康原曾任賴和紀念館館長二年（1995～1997），有機
會接觸更多文獻資料，進而有了傳揚賴和文學、賴和精神的使
命感；台語詩集《八卦山》自序〈唸詩識土地，唱歌解憂愁〉
便說：「伊是我敬佩的台灣詩人之一，是我學做人佮文學的典
範，伊的精神親像八卦山共一款，永遠記恬我的心肝內」；[13]
賴和一生為文，拒用日文，更多運用台語漢字，實踐「用阮的
手寫阮的喙」理念，《八卦山》詩集獲得吳濁流詩獎時，康原
在得獎感言〈為按怎愛寫母語〉中也寫道：

　　　彼當時賴和堅持毋用日語創作文學，是伊尚特別佮偉大e
　　　所在，而且賴和先生攏主張「講的佮寫的一定愛同款」、
　　　「用阮的手寫阮的喙」，欲乎人會記用母語寫作，才是尚

12　康原，〈走出寂寞坎坷的路——施福珍的童謠世界〉，《台灣囡仔歌的故事》
　　前言，台北：自立晚報，1994，頁15。
13　康原，〈唸詩識土地，唱歌解憂愁〉，《八卦山》自序，彰化市：彰縣文化
　　局，2001，頁25-26。

介適是的。

如同前引向陽所說，戰後台語童謠創作的背後，潛藏著台灣人心靈深處的反抗意識，在戒嚴體制下，公開說唱、寫作母語／台語，原本就是一種具有反抗意涵的姿態的展現（向陽的台語詩創作與論述，就是很好的例子）；康原晚至解嚴後的一九九○年代中期方始參與施福珍囡仔歌整理工作，進而創作自己的台語詩歌，雖然以賴和爲精神導師，然其意義不在標舉如同賴和「毋用日語創作文學」的反抗意識，而是以此意識爲引導，在一九九○年代以來的本土文化追尋過程中，透過囡仔歌的整理與創作，落實到「兒童啓蒙」的傳承工作上。

二、鄉土意象爲中心的詩歌美學

蕭蕭曾經指出，一九七○至一九八○年間，新詩發展史上重要現象之一，是詩人「鄉」的意識逐漸由「鄉愁」轉爲「鄉疇」的體察，「直接以方言入詩，以台灣話的語法入詩，不論是偶一爲之，或做有系統的表達，都顯示文學語言的轉變隨著題材而更易」，蕭蕭將此種現象歸因於「報導文學開拓了詩人的視野，傳播事業的發達，直接而快速的激發詩人仁者的心懷，鄉土小說的流傳更觸引詩人注意這塊土地的過去」；[14] 橫諸康原台語詩歌創作，雖晚至一九九○年代末期展開，但同樣從報導文學出發，關注鄉土文化的探尋，進而有意識的走入台語詩歌的創作。

康原台語詩歌內容，在地理空間上，由於曾爲《不破章水彩畫集》題詩，涵蓋台灣全島城鄉，然以故鄉彰化爲核心；在書寫題材上，包括農作植物、鄉間鳥類、早期鄉土童玩，以及

---

14 蕭蕭，〈鄉疇與鄉愁的交替──論近十年中國詩壇風雲〉，《陽光小集》第5期，1981.3，頁19-20。

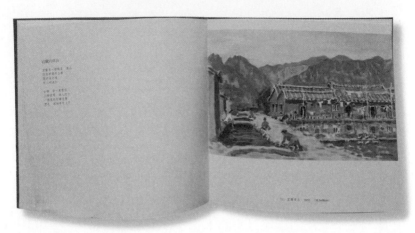

康原爲《不破章水彩畫集》題詩50首，詮釋日本水彩畫家不破章眼中的台灣形象。

包羅萬象的常民生活經驗，加上民間傳說、俗諺俚語，搭配以台語音韻之美，展現以鄉土意象爲中心的詩歌美學，誠如廖瑞銘所說：「康原的台語詩從台灣民間說唱文學吸取養分，很有草根性，很口語化，看不到中文轉譯的痕跡。因此，康原的台語詩本身就具備台語原汁原味的旋律與節奏，那是語言自然天成的音樂性」[15]

　　康原的台語詩歌創作，無論是否以囝仔歌爲名，多採三字七字長短交錯、通俗易懂的唸謠形式寫成，用詞淺白、自然押韻，讀來和諧動聽，基本上皆以兒童爲預設讀者，換個角度看，也可以說，康原是以回歸童稚的心靈寫作台語詩歌，這是他與其他台語詩人比較時相對突出的特色。

（一）地方文史與歷史記憶

　　由於長期投入鄉土文史書寫，康原台語詩歌創作，經常取

15　廖瑞銘，〈用母語記錄土地的節奏〉，康原《台灣囝仔的歌》序，台中：晨星，2006，頁8。

材地方文史知識，創造富於鄉土氣息的歷史意象，以詩歌做為孩童認識台灣歷史的導覽；事實上，康原創作囡仔歌，原本就有藉以認識台灣、學習母語的使命感：

惟開始寫台語詩寫到現在差不多十外年，寫無幾首詩。這幾年來，為著推廣「台灣囡仔詩歌」，惟詩中去認識台灣，四界走縱去做演講，攏愛講台語，亦開始寫一寡囡仔詩來教囡仔唸，發見著用唸詩歌來學語文是上緊，也上會發生趣味。[16]

試看台語詩集《八卦山》同名首篇〈八卦山〉，此詩列為詩集第一首，有其象徵性及代表性意義：

彰化古早叫半線
東爿一粒八卦山
山頂樹木青綠綠
一仙大佛坐婷婷
每年飛過南路鷹
不幸，一萬死九千

古早時，劉國軒入頭兵
清朝時，林文爽、施九緞、陳周全、戴萬生
夯火炮，上山頭來反清

日本人，歹心幸
押霸兼無情

16 康原，〈唸詩識土地，唱歌解憂愁〉，《八卦山》序，彰化市：彰化縣文化局，2001，頁24。

磺溪和仔仙反日走做前

終戰後,大佛前
有人賣番麥,鳥梨糖
削甘蔗兼賣芋仔冰
細漢時,阮尚愛
惦佛祖前下願
迢迢佮買冰

（〈八卦山〉,《八卦山》,頁2）

此詩以八卦山作爲彰化象徵,運用長短交錯的唸歌形式,將大人世界或許早已知曉的地理位置、古今地名、自然景觀、候鳥生態與歷史人物,編入音韻抑揚的詩句之中,藉此連結「半線」、「南路鷹」、「林文爽」、「和仔仙（賴和）」等歷史意象,最後復以自身童年渴望的零食「鳥梨糖」、「芋仔冰」作結,不僅呈現人與鄉土以及歷史記憶之間的關係,更讓穿梭古今時空的豐富想像充滿童謠的情感與節奏。

相對於以「大佛坐婷婷」之姿俯視朝代變換的八卦山,流經彰化平原的濁水溪,則以不斷改變水道的面貌,留存在常民生活的記憶裡;試看〈濁水溪〉:

濁水溪,大水濟
古早時,溪尾分三叉
溪水流對西爿个海底
北叉東螺溪
中港西螺溪
南流舊虎尾溪

熱天時，溪埔底
牛拖犁，種西瓜
大水來，溪擺尾
農民佮西瓜
淹入大溪底
台灣河川上長是濁水溪

（〈濁水溪〉，《八卦山》，頁12）

　　從古早地理空間上的「溪尾分三叉」，到當下彰化平原上「農民佮西瓜／淹入大溪底」的庶民生活，康原詩中的台灣第一大河濁水溪，無論是哺育種作或是大水成災，總是召喚著溪流與土地生民的親密關係；此種運用地方文史知識、以歌詩做為歷史導覽的手法，也展現在《八卦山》的〈紅毛井〉、〈蔬茱个故鄉——埔鹽〉等作品中，前者刻畫紅毛井由清新甘甜以至於渾濁枯乾，後者鋪陳埔鹽庄不同族群的墾拓歷程，皆道出台灣歷史幾經更迭的滄桑。

　　然而，以童心書寫古今歷史的康原，也有重返成人世界的片刻，《八卦山》裡幾首直接表達政治立場的詩作，就是採取童謠形式卻童味盡失的例子，如〈雞歸王〉標舉台灣獨立意識，譏刺戒嚴時期高唱「三民主義大一統」口號的統治者，根本就是「愛膨風个雞歸王」（《八卦山》頁44）；〈海口兄弟〉以台灣漁民「命運可比天頂个烏雲」的討海艱辛，比喻台灣人長期所受壓迫，同時透過「風颱大湧攏愛拼」的勵志形象，連結「拼加獨立建國才有咱个名」的政治主張（《八卦山》頁9）；此外，〈庄腳囡仔〉還以布袋戲裡的壞蛋藏鏡人總是不死為喻，影射長了兩道「粗目眉」、蠻橫高談統一的國民黨高官，最後，甚至急呼將叛國者吳三桂「損乎伊死」（《八卦山》頁41）；這些過於直接的表達手法，讓鄉土意象

淪爲單調的政治符碼；不過，也正因爲有這些出自成人眼光的少數作品，康原整體台語詩歌的童稚視角，反而得以突顯。

二〇〇五年，康原爲《不破章水彩畫集》寫作題詩五十首，詮釋日本水彩畫家不破章眼中的台灣形象，這是康原運用地方文史以召喚歷史記憶的另一組重要系列作品。

不破章（1901～1979），日本國際知名水彩畫家，一九六九至一九七八年間，八次在台灣各地做爲期一個月的寫生旅行；幾乎年年來台的他，以台北爲中心的寫生地點，包括淡水、北投、松山、汐止、鶯歌、板橋，舉凡龍山寺、新公園、後車站巷尾，都曾是他作畫題材；中部據點在員林，去過鹿港、北港、南投、埔里、魚池、斗六等地；此外，還包括南部的高雄、美濃、屏東、枋寮、恆春、萬丹、東港，東部的宜蘭、太魯閣、台東、知本，足跡踏遍台灣大城小鎮；對農村景色尤其愛好，美濃鎮幾乎每年必定到訪。一九七八年，應邀在台北舉行「不破章水彩畫展」，爲台灣水彩界，尤其是鄉土畫界，提供具有啓示性的參考。[17]

綜觀不破章水彩畫集五十幅作品，舉凡田園風光、溪河風情、老街古厝、古蹟文物、農村生活、城鎮市集，在在呈現他一九七〇年代造訪台灣時所見人文風貌，巧妙傳達人與自然合諧共處、古樸而濃郁的鄉土氣息。正因如此，二〇〇四年，不破章夫人同意讓台灣永久收藏他在台灣寫生的作品。以蒐集出版地方史料、推動鄉土教育紮根工作爲理想的彰化頂新和德文教基金會，決定設立專館典藏陳列，同時請康原爲畫作題詩，編印成冊，以推廣台灣鄉土水彩美術教育。

康原題詩，皆爲兩段八句的短詩形式，以「看圖說故事」方式，運用在地歷史人文意象，賦予不破章作品畫外之境

---

17 參見沈國仁〈歷史之美——不破章先生台灣城鄉畫作典藏始末〉，收錄於《不破章水彩畫集》，2005，彰化頂新和德文教基金會出版。

的延伸意涵。事實上，康原題詩命名，已經給予原本只註明地點的畫作新的鄉土想像，例如「板橋的田庄」（原題「板橋」）、「大樹下的菜市場」（原題「屏東海豐」）、「田園中的宗祠」（原題「南投市」）、「瓦窯的中晝」（原題「九曲堂（旗山）」）、「埔心的柳溝」（原題「埔心（彰化縣）」）、「門口埕」（原題「坡仔頭」）、「里港的菜市」（原題「里港（屏東）」），這些詩題中的「田庄」、「菜市場」、「宗祠」、「瓦窯」、「柳溝」、「門口埕」、「菜市」，皆指向常民生活所在的時空場域。

　　值得強調的是，康原的題詩往往有意引介在地藝文作家，如黃春明之於宜蘭頭城、鍾理和之於高雄美濃、陳達之於屏東恆春，因而賦予畫家筆下的鄉鎮風貌，更深刻的台灣歷史人文內涵：

不破章「宜蘭頭城」，《不破章水彩畫集》，頁13

宜蘭有一個地名頭城
宜蘭有一個黃春明眞出名
憨欽仔拍鑼
名聲透京城

頭城這條街
是宜蘭人大家的
若是行入街仔底
欲買欲賣無問題

（〈宜蘭的頭城〉，《不破章水彩畫集》，頁13）

高雄有一個庄頭叫美濃
客家人拜三山國王
土地神伊稱呼
伯公

這個庄頭有古早的菸樓
有出名的雨傘佮笠山
山下有鄉土文學家
鍾理和紀念館

（〈客家庄美濃〉，《不破章水彩畫集》，頁31）

黃昏來到恆春
天頂的白雲
飛過一庄閣一庄
親像迎接阮來屏東耍

恆春啊恆春

不破章「屏東海豐」，《不破章水彩畫集》29頁

陳達彼當時唱出
思想起抑是樹雙枝
真濟人攏嘛放袂記

（〈屏東的恆春〉，《不破章水彩畫集》，頁6）

　　以「憨欽仔拍鑼」提示黃春明著名短篇〈鑼〉；以「雨傘
佮笠山」呼應鍾理和經典長篇《笠山農場》；以「樹雙枝」雙
關陳達代表歌謠〈思想起〉；不僅召喚讀者對鄉土文學家與素
人歌手的懷想，客家族群信仰的「三山國王」與美濃地方產業
的「菸樓」、「紙傘」，更是鮮明意象，讓讀者觀賞不破章畫
作之餘，走進深層鄉土記憶的氛圍中。
　　康原豐富的鄉土文史背景，最能掌握地方獨特風情，與
不破章的畫作形成互文詮釋，如鹿港的九曲巷、北港的牛墟、
員林打石巷的刻墓碑、萬巒的豬腳，都是寓意豐厚的鄉土意

象；又他總喜好援用古早地名，或演繹地名由來，或詳述歷史更迭，如台北的鶯歌、九份，高雄的六龜、旗山，都能隨手拈來，與畫作內容結合；更多的題詩，則格放畫作中一九七〇年代台灣生活樣態的某個切面，如溪邊洗衣的婦女、大樹下的熱鬧菜市、港邊等待歸船的心情、城市街道的轉角、田園中的紅磚厝，宛如引導觀畫者走入畫作世界，參與正在上演的故事：

　　若講起員林的打石巷
　　搬石頭的工課是真粗重
　　刻墓碑拍石碑
　　攏愛真細字

　　每年的冬天時
　　巷仔底人來客去
　　一陣囡仔嬰屈恬壁腳邊
　　看過路人行過來閣縱過去

（〈打石巷的冬天〉，《不破章水彩畫集》，頁43）

　　日黃昏
　　阮來到東港的海邊
　　看見歇眠的漁船
　　想著愛人出海掠魚的憂悶

　　港邊的晚雲
　　親像海水一陣流過一陣
　　海鳥啊拜託汝
　　提一張批信交乎阮的郎君

（〈東港的漁船〉，《不破章水彩畫集》，頁41）

雲林有一個小城市
斗六是伊的名字
這條街眞熱鬧
又閣眞趣味

街頭騎鐵馬
街尾磅米香
有人賣雜細
閣有人毋代誌閣趖街

（〈斗六的街市〉，《不破章水彩畫集》，頁33）

樹仔腳的菜市場
做生意勢相搶
有喝俗魚白槍
嘛有咧賣俗番姜

市場外的小姑娘
屈惦大埕口
大聲喝咻
好食的甘藷袂臭香

（〈大樹下的菜市場〉，《不破章水彩畫集》，頁29）

　　不破章筆下的台灣風景，基本上是安靜的遠觀，也是印象式的光影暫留，畫作中往往沒有康原所描繪的刻墓碑、騎鐵馬、磅米香、賣雜細等生活細節，是康原對畫作的想像，將安靜的光影轉爲熱鬧的街市即景，如〈大樹下的菜市〉（原題「屏東海豐」），畫中呈現的是視覺的人馬雜沓，康原則

不破章「板橋1973」，《不破章水彩畫集》頁26

寫出了聽覺的人聲鼎沸；又如〈火車到板橋〉（原題「板橋1973」），不破章取景大漢溪床的綠色菜園與蒸氣火車橫越鐵橋的瞬間，康原則彷彿聽見林福裕譜曲的台灣北部民間唸謠〈板橋查某〉：

　　火車咧行
　　吱吱叫
　　磅空行完過鐵橋
　　十點十分到板橋

　　火車欲行
　　吐黑煙
　　雲飛上天看袂偌
　　老人卡想嘛少年

（〈火車到板橋〉，《不破章水彩畫集》，頁26）

火車火車著吱吱叫

五點十分著到板橋

板橋查某著美復笑

返來去賣某著來乎伊招

（〈板橋查某〉，林福裕譜曲）

　　原本「五點十分著到板橋」的火車，康原讓它延誤至「十
點十分」才到站，原詞受了板橋查某勾引、想要回家賣了老婆
「來乎伊招」的男子，在題詩中，卻成了望著不破章畫作裡天
上浮雲、「卡想嘛少年」的老人；熟稔鄉土民謠的康原，藉著
畫面上的火車為畫作引入歌聲，鐵橋上方的浮雲，則讓轟隆過
橋的火車轉為生命列車的意象；康原的題詩，雖然以詩題畫，
但是透過詩與畫的對話，不僅詮釋了日本畫家眼中的台灣風
景，也召喚了記憶中一九七○年代的台灣圖像。

（二）鄉土生態與庶民生活

　　康原擅長以在地動植物為意象，刻畫鄉間庶民生活。這
些依存土地而生、環繞庶民日常作息空間的動植物，賦予「鄉
土」更為具體的意涵。康原筆下的濁水米、西瓜、包心白與苦
瓜蒜、花椰菜、番麥、土豆，不僅是植物，更是鄉民賴以為生
的農作物；動物中的鳥類，如班甲、夜鷺與綠繡眼、粉紅鸚
喙，不僅是動物，更是提示歲時、與鄉間庶民朝夕與共的生活
夥伴。換言之，康原筆下植物所根著與鳥類所翱翔棲息者，都
是比「自然」更貼近庶民生活的「鄉土」，這是他相較於其他
自然寫作者的獨特之處；試看一九九九年為埔鹽建鄉百年而作
的〈埔鹽菁个歌〉：

青　青青　青青青
埔鹽鄉　田園青
青菜種甲歸厝邊
包心白　苦瓜蒜收袂離
種菜嫂仔生雙生
厝邊頭尾鬥歡喜
快快樂樂過日子
平平安安歸百年

青　青青　青青青
濁水溪个水甘甜
清朝時祖先來建置
開水圳種稻掖菜籽
鄉親為生活拼生死
賺到錢紅瓦厝直直起
夜昏　大大細細尚歡喜
做陣來種埔鹽菁

青　青青　青青青
埔鹽菁　青青青
種惦咱个土地勢爆青
種入咱个心頭萬萬年

埔鹽菁　青青青
千禧年　大家好過年
埔鹽菁　青青青
千秋萬世攏青青

（〈埔鹽菁个歌〉，《八卦山》，頁37）

《八卦山》中，康原
以台語詩歌，刻畫鄉
間庶民生活與在地動
植物。

　　「埔鹽菁」，一種抗鹽性植物，埔鹽地區未開發之初，遍
地茂生，相傳埔鹽地名即由此而來。康原以這種原生在地植物
作為埔鹽意象，運用「青　青青　青青青」富有台語音韻的色
澤修辭，描繪綠意延綿的視覺之美，復以「種茱嫂仔生雙生
曆邊頭尾鬥歡喜」的生命活力與庶民不畏艱困的墾拓奮鬥史，
譜寫「青青青」複沓節奏串連之下的欣欣向榮與生生不息。

　　另一首〈班甲聲是阮个夢〉也有異曲同工之妙：

佇山頭，泅泅聽著班甲聲
咕咕　咕一咕　咕咕一咕
咕咕　咕一咕　咕咕
呼阮想起細漢時

值田頭田尾扦甘藷
擱聽班甲念歌詩
細漢,阮憨憨亂走縱
班甲若哮起,親像佇咧講
歹命兒,扦甘藷
飼牛、刈草就是命
聽歌只有鳥仔聲
田庄囡仔欲吃就愛拼
出脫才有好名聲

失落眞久个班甲聲
乎阮心肝痛
細漢時班甲聲是阮个夢
乎阮心情眞輕鬆
一工擱一工
三年五冬
無定是一世人
阮欲擱等待
班甲个哮聲來做夢

故鄉个田園
久久長長阮嬒放
啊!班甲个哮聲
是阮甜甜蜜蜜个夢

(〈班甲聲是阮个夢〉,《八卦山》,頁5)

「班甲」,台灣鄉間常見鳥類,又稱紅鳩、紅斑甲或火燒仔,以此爲台灣鄉土意象,不僅形象鮮明,以「咕咕 咕一

咕　咕咕－咕」摹寫班甲叫聲，更是生動的聽覺想像；結尾，「啊！班甲个哮聲／是阮甜甜蜜蜜个夢」，以班甲的咕咕聲隱喻甜蜜的兒時夢，將早年「飼牛、刈草就是命」的清苦農村生活，轉化為甜美的田園風情。

　　《八卦山》「野鳥詩抄」十四首作品，同樣以台灣鄉間常見的鳥類作為書寫對象，描摹野鳥特徵習性與活動之外，加以台灣民間傳說俗諺以及農村生活圖像的鋪陳，路寒袖（1958～）認為，這「突破了台語書寫於自然生態的貧乏跟單薄」，「給了我們開創性的提示」；[18]這些輕巧可愛的短詩，有自然寫作的風格，然與一般自然寫作經常以荒野邊陲、山間溪流、城市邊緣為背景不同的是，康原筆下的野鳥，往往融入鄉間景致，成為農村庶民生活的一部分，尤其有意識地將每種鳥類的民間稱謂寫入詩中，例如「夜鷺／就是暗光鳥」、「綠繡眼才是／青啼仔个正名」、「粉紅鸚喙／頭圓圓／……緣投仔是伊俗名」、「灰頭鷦鶯，人人叫伊／望冬丟仔」等等，更加突顯「野鳥」在康原整體鄉土圖像中的意義；試看〈夜鷺〉、〈白腹秧雞〉與〈繡眼畫眉〉：

　　夜鷺　　就是暗光鳥

　　三更半暝　呱呱叫

　　兩蕊目睭　發紅光

　　漢寶園做眠床

　　渡船頭好梳妝

　　魚塭內掠魚上好耍

　　上驚漁民用網登

　　　　　　　　　　（〈夜鷺〉，《八卦山》，頁60）

18　路寒袖，〈動耳的歌謠〉，《八卦山》序，彰化市：彰化縣文化局，2001年，
　　頁20-21。

傳說：做田人娶後某
入門想欲害前人子
爲佔財產用心晟
欲做種：生豆、熟豆嘛同命
無想煞害死親生子
後母傷心吐血而死來變鳥
「豆仔鳥」變做伊个名
「苦啊！苦啊！」是鳥个號聲
「吐血鳥」嘛是伊偏名

（〈白腹秧雞〉，《八卦山》，頁72）

占卜鳥　叫聲做預料
清脆个吼聲是好吉調
急促聲音是凶兆
伊是排灣族个靈鳥
好歹代誌
攏知曉　繡眼畫眉
就是　卜卦鳥
卜卦鳥　來卜卦
好運趕緊送乎我

（〈繡眼畫眉〉，《八卦山》，頁82）

這些野鳥民間稱謂的背後，是生活經驗的累積（「三更半暝／呱呱叫」）與掌故傳說的濃縮（「做田人娶後某」、「伊是排灣族个靈鳥」），野鳥活動空間的描繪，讀來更覺貼近鄉土地景與庶民勞動生產（「漢寶園做眠床／渡船頭好梳妝／魚塭內掠魚上好耍／上驚漁民用網登」）；凡此，不僅刻劃本土

鳥類的自然生態，加深讀者對台灣野鳥的認知，也勾勒出人與鄉土密不可分的依存關係。

事實上，康原的家鄉便有一塊著名水鳥保護區——漢寶濕地，每年候鳥遷移季節，總是吸引許多賞鳥人士前來觀賞研究；如果康原的「野鳥詩抄」也是賞鳥日誌，其特殊處，在於除了一般野鳥生態與活動習性的紀錄之外，還加入了台灣民間稱謂與傳說，無論是「翠鳥，身軀細／真乖巧，目睭金金／揣目標／衝入水底」還是「水加令／泅水／翹尾椎／上介嬌」，或是「傳說：看見白燕仔／天女著出現／自古以來／虼仔若神仙／逐家／欣羨雙雙對對飛相隨个／小雨燕／小雨燕汝是天頂个天仙」，康原以鄉土意象豐富了自然生態書寫，以自然生態書寫深化了鄉土意象，應是其台語詩歌創作中，另闢蹊徑的特殊風景。

（三）童稚之心與純真年代

向陽評論康原《台灣囡仔的歌》時指出，康原創作的囡仔歌，不僅是個人童年經驗的再現，也是台灣早期社會的共同記憶，可以讓孩子們透過歌謠傳唱，重新認識父祖輩的生活，具有傳承上下一代經驗的意義：

> 這二十首創作囡仔歌，事實上也是一個台灣中壯代作家的童年經驗的再現。在這些作品中，康原寫童年時住過的濱海漁村的海洋、寫吹著強勁海風的田野、寫農人耕作的情景，他的筆下，展現了一九五〇年代台灣的漁村、農村景象，歸巢的野鳥、原野的菜仔花、青菜，都成為創作的焦點，讓孩子們透過這些歌謠的傳唱，重新認識父祖的生活，了解早年台灣的圖像，因而也對台灣上下一代的經驗傳承具有相當的意義，而不僅止於康原個人童年的回

憶。[19]

　　周素珍也認為，康原自幼生長於鄉間農家，囡仔歌謠書寫題材，多為「童年的回憶及熟悉的農村生活」，但她強調，康原表現的，是農耕時代「生活的純樸及對生存環境的樂天知命，有苦有樂，悲喜交融」，究其原由，實因「早期農業生活的艱苦及匱乏的生活物資，多被自得其樂的樂天知命及童稚純真的情懷所淡化」。[20]

　　進一步說，康原囡仔歌所展現的，不僅是早年台灣農村生活的圖像，更是經過時空轉換後，以浪漫情懷所召喚的記憶，當年的艱苦與匱乏，轉化為常民生活的樂觀與智慧，因為追憶，逝去的時光因而美麗；透過康原的懷舊筆調，讀者得以重返現實中已然消逝的純樸鄉土。

《台灣囡仔歌謠》中有康原的台語詩和余燈銓的雕塑作品。

19　向陽，〈兒童想像的再現〉，《台灣囡仔的歌》序，台中：晨星，2006，頁7。
20　周素珍，《吟唱土地的聲音——康原台語詩歌研究》，國立台東大學兒童文學所碩士論文，2008，頁36-37。

彰化學

　　康原熟悉俗語俚諺、傳統囡仔歌謠，這是早期許多鄉間兒童的語文啓蒙，即使不識字，也能朗朗上口，康原往往適時引用，將古早的生活趣味融入他的新作歌謠之中，讀來順口而親切，押韻活潑而自然，讓現代的孩童藉此品味阿公阿嬤年代的母語韻味。例如：阮煞見笑假想氣／餓鬼假細膩（《台灣囡仔歌謠》，〈騎馬〉）、種瓠仔／生茉瓜（《台灣囡仔歌謠》，〈飛〉）、天未光／緊起床／毋驚田水冷霜霜（《台灣囡仔的歌》，〈耕田園〉）、日頭赤炎炎／褪赤腳／慢慢行（《六〇年代台灣囡仔》，〈拾稻穗〉）、有人講：搬戲悾／有人講：看戲憨（《八卦山》，〈搬戲悾看戲憨〉）、嬰嬰睏，嬰嬰睏／睏一暝，大一吋／搖呀搖，搖呀搖／搖一暝，大一尺（《六〇年代台灣囡仔》，〈咱來做眠夢〉）、做牛要拖／做人要磨／做雞愛筅／做人要翻／欲吃嘸討賺／歸世人攏愛散（《八卦山》，〈掠水蛙，灌土猴〉）。再看以下這些作品：

　　搖仔搖　搖仔搖
　　阮欲騎馬　跳過橋
　　阿嬤看著想愛笑

　　笑仔笑　笑仔笑
　　騎著馬　揣便所
　　阿公笑阮偷放尿

　　搖過來　笑過去
　　阮煞見笑假想氣
　　餓鬼假細膩
　　覕入房間哭啼啼

　　　　　　　　（〈騎馬〉，《快樂地余燈銓雕塑集》，頁50）

一陣水蛙
食乎肥肥肥，格甲槌槌槌
聽著人个腳步聲
嘛袂曉欲跳落水

庄腳囡仔愛耍水
提茶古裝古井水
水窟邊灌土猴
將溝仔邊个水蛙掠歸堆
一隻一隻擲落水
噗通！噗通！即陣水蛙
實在憨憨憨

白鴒鷥行田岸
一陣囡仔定定看
看甲日頭漸漸欲落山
犁田阿伯流甲滿身汗
想起阿爸佇咧講

做牛要拖　做人要磨
做雞愛筅　做人要翻
欲吃嘸討賺
歸世人攏愛散

（〈掠水蛙，灌土猴〉，《八卦山》，頁34）

　　康原囡仔歌所描繪的鄉土，總是充滿兒童遊戲與自然野趣：在《六〇年代台灣囡仔：童顏童詩童歌》裡，唾手可得的

竹枝木棍就是行俠仗義英雄的寶劍（〈想欲作英雄〉）、廟埕就是捉迷藏最好的地方（〈唵咯雞〉）；在《快樂地余燈銓雕塑集》裡，清溪河流圳溝皆可玩水（〈耍水〉）、隨處都有野地小蟲可抓（〈掠吉嬰〉），此外，還有掠水蛙、灌土猴、踅箍仔、行包棋、放風吹、爌窯、布袋戲、石頭彈天國……，這是尚未工業化、自然生態尚未遭到破壞、人與土地猶然密切依存的鄉土：

　　自細漢，愛看戲
　　講武功，欣羨少林寺
　　嘛愛學，鶴拳个軟技

　　當初時，想欲作英雄
　　竹枝木棍當做劍
　　閃閃閃，趕緊閃
　　無閃，性命危險
（〈比劍〉，《童顏童詩童歌》，頁103）

　　廟內唵咯雞
　　一陣囝仔
　　宓相尋
　　宓門邊　宓桌下
　　也有宓入神案底

　　宓俗存一个
　　蓋佇龍柱做阿西
（〈唵咯雞〉，《童顏童詩童歌》，頁80）

許蒼澤攝影〈唵咯雞〉,《童顏童詩童歌》

聽!聽!聽!恬恬聽
吉嬰哮各真大聲
汝做馬仔乎我騎
阮人矮　竹篙閣短
無法度　黏著吉嬰
看!看!看!樹仔頂看透透
阮坐店汝世肩胛頭
大粒汗　細粒汗　直直流
想欲掠吉嬰　一山攀過一山
掠攏無　欲按怎?

　　　　　　　（〈掠吉嬰〉,《快樂地余燈銓雕塑集》,頁63）

余燈銓雕塑，〈耍水〉，《快樂地余燈銓雕塑集》

講著水　目睭睞
想著水　喙開開
飲一啄　淡薄醉

提茶古　來耍水
飲涼水　無是非
熱天耍水好節氣

（〈耍水〉，《快樂地余燈銓雕塑集》，頁38）

　　事實上，農村生活有苦有甘，早期台灣農民困苦恐怕更甚
於甘甜，耕作之陰晴水旱，全看天意，勞苦種作所得，往往如

余燈銓雕塑，〈那一年夏天〉，《快樂地余燈銓雕塑集》

同宋澤萊〈打牛湳村〉裡的瓜農，受盡層層剝削，血本無歸，這是至今猶存的現象。康原囡仔歌謠童真純樸的背後，往往是貧困艱苦，但是康原總將這些生活經歷轉為堅毅踏實、樂天知命、安分守己，甚至帶著些許諧謔嘲諷與自我安慰：

透中晝
恬田頭
排水溝
梭透透
梭無毛蟹來補冬
也無魚仔可鼻香

蜆仔又閣無半項
心情實在繪輕鬆

（〈掠毛蟹來補多〉，《八卦山》，頁117）

田庄囝仔真歹命
滔風落雨也愛行
稻穗背置尻脊骿
日頭赤炎炎
褪赤腳　慢慢行
出脫才有好名聲

（〈拾稻穗〉，《童顏童詩童歌》，頁86）

許蒼澤攝影〈拾稻穗〉，《童顏童詩童歌》

彰化學

中秋時，月娘圓
想月餅，過三更
一年想了閣過一年
二九暝，好時機
炒青菜，參肉絲
這頓暗飯，才有肉佮魚

（〈年節〉，《台灣囡仔的歌》，頁16）

　　這些歌謠都唱出早期農村生活的匱乏：想抓溪蝦、溝魚、毛蟹「添菜」，卻一無所獲；中秋月圓，竟然無餅可吃，等到小年夜，青菜裡才勉強有肉絲；然而，即使如此，卻有著安然自在的生命觀照，「褪赤腳／慢慢行／出脫才有好名聲」，對生活依然保持期待，如同《台灣囡仔的歌》的〈菜籽花〉，描寫田地裡流著汗水的阿公阿嬤與父親阿伯，在白鷺鷥飛翔的田土中，努力耕耘出一片片燦然的菜籽花；亦如〈種菜的阿嬤〉中的農婦，即便菜價低賤如土，烈日下曝曬菜乾的身影也不曾停歇：

菜籽花　有夠濟
種惦　阮的田底
發惦　阮的土地
阮的祖先努耕地
菜籽花　黃黃黃
親晟朋友帶歸庄
阿公透早巡田園
囡仔相招廟埕耍
菜籽花　花花花

阮老爸　勢駛犁
牛車牽過溪
溪南　溪北　嘛是一片
菜籽花

（〈菜籽花〉，《台灣囡仔的歌》，頁36）

來　來　來
緊來　趕緊來
鬥陣來阮的菜園內
阮的阿嬤勢種菜

看　看　看
緊來　緊來看
菜園內的高麗菜
疊甲一堆親像山
無人買　園咧爛

阿嬤眞拍拼
透中晝日頭腳
曝菜乾　曝甲
大粒汗　細粒汗

（〈種菜的阿嬤〉，《台灣囡仔的歌》，頁44）

　　從兒童遊戲的純樸鄉土，到安然自適的鄉土精神，其實都是康原自我生命經驗的投射與昇華，康原所召喚的是內在精神的桃花源，純眞、自然而且美麗的鄉土。正如蕭蕭所說，康原的台語詩歌，有「和諧的押韻之美、驚喜的拼貼之美、豐盛的物產之美、教育的傳承之美、純眞的戲謔之美、多變的台語之

美」，[21] 從這些囡仔歌謠來看，康原的確用盡心思將台灣早期鄉間生活融入囡仔歌創作中，試著唱出日益消逝的本土文化風采以及屬於台灣農村樸實而堅毅的精神。

21 蕭蕭，〈囡仔歌：台灣新詩的舊田土〉，《土地哲學與彰化詩學》，台中：晨星，2007，頁168。

第六章　從鄉土史延伸的人物傳記

　　在一九八七年《作家的故鄉》與一九九二年《文學的彰化——彰化縣新文學作家小傳》中，康原已經開始文學人物小傳的寫作，一九九八年的《尋找彰化平原》，更透露型塑彰化典範人物的企圖。岩上為《作家的故鄉》作序時，以「文學要從鄉土出發，終歸而落於鄉土」提煉康原人物傳記的創作理念：

　　　　康原有意從本土作家群中詳細介紹他們的家鄉故里，來探
　　　　討作家成長的歷程，就已有了強調文學與鄉土息息相關的
　　　　契機，這是一項明顯的導向，說明了文學要從鄉土出發，
　　　　終歸而落於鄉土。[1]

　　這個理念始終如一，並且延續到康原二十一世紀三本人物傳記中：二〇〇三年《總裁的故事》[2]、二〇〇六年《八卦山下的詩人——林亨泰》、二〇〇八年《二林的美國媽祖》，三位傳主都是彰化人，吳聰其是企業家、林亨泰是文學家、瑪喜樂為宗教家。

一、從鄉土出發，而歸於鄉土

1　　岩上，《作家的故鄉》序文，康原《作家的故鄉》，台北：前衛，1987。
2　　《總裁的故事》於2007年由晨星出版社重新出版《人間典範全興總裁》。

　　《總裁的故事》，以傳主口述爲經，交叉訪談相關人物的側寫爲緯，交織勾勒吳聰其一生從「飼牛囝仔到董事長」的奮鬥歷程，包括童年失學、飼牛賣掃帚的勤苦耐勞，以至創辦全興企業、展現獨特經營哲學與企業文化。喜歡以牛自喻、以「做牛著拖，做人著磨」自我勉勵的吳聰其，如同林明德所說：「吳先生的牛經，是對『台灣牛』，其實也是對『台灣人』的詮釋，其中更有他的自我投射。全興集團的成就，可以說是牛精神的極致發揮，作爲領導者的大家長——吳先生，自然稱得上是台灣人的典範」；[3] 康原全書大量引用台灣諺語，既是吳聰其生命哲學的注腳，也是台灣鄉土智慧的運用。

　　《八卦山下的詩人——林亨泰》，藉由評論賞析林亨泰的詩歌作品，試圖連結林亨泰詩作與土地、歷史之間的關係，雖

康原擅以人物傳記方式爲鄉土知名人物作傳，可謂鄉土史書寫的延伸，透過家鄉人與事，建構彰化的人文歷史。

3　林明德，〈照見人生大書的智者〉，《人間典範全興總裁》，台中：晨星，2007，頁11。

屬傳記形式，搜羅最多的卻是各家對林亨泰詩歌的評論，以及康原自己闡發鄉土意涵的詮釋。其次，林亨泰經歷的重要歷史事件，如二二八事件、四六事件、白色恐怖、鄉土文學論戰等等，也成為鋪陳重點，透過林亨泰傳記的書寫，或許康原更想要呈現的是個人對台灣歷史的探索與理解，從而印證林亨泰的文學創作歷程。

相較於康原對吳聰其與林亨泰的直接訪談紀錄，康原寫作《二林的美國媽祖》，與傳主瑪喜樂的接觸較為間接。瑪喜樂女士（1914～2007）於一九五九年遠渡重洋，從美國來到台灣，從事醫療傳道工作，一九六五年在彰化二林創辦喜樂保育院，在小兒麻痺全台大流行的年代，照護教育爬行於地的小兒麻痺患者，奉獻台灣近五十年歲月，終老彰化，葬於二林，被稱為「二林的美國媽祖」。

康原著手開始搜集資料寫瑪喜樂的傳記時，她已失智六、七年，無法直接對話，透過相關人物訪談，康原完成了《二林的美國媽祖》（2008），寫作重點在於強調愛與奉獻的無私精神，同時及於台灣醫療照護環境的變遷。

從內容來看，這三本傳記實為康原鄉土史書寫的延伸──透過家鄉人與家鄉事，建構屬於彰化的人文歷史。試看各書自序所闡述的立傳動機與寫作策略：

透過描寫一位成功的企業家，由「飼牛囡仔到董事長」的奮鬥歷程，也見證了近百年來，台灣社會變遷的風貌；為台灣社會保存一段歷史，我相信從個人生活史的書寫，可以從小個人看見大社會。假如，台灣社會大家能由個人生活史的書寫，發展成為家庭生活史或社區生活史的紀錄，來形成撰寫常民的生命歷史，先由點開始到線而面，織成一部台灣社會的生活史。把這些屬於個人生活面貌，留給

後代子孫，讓子子孫孫知道祖先如何在這塊土地上披荊斬棘，以後研究各類歷史的史學專家，也可以藉由這些常民的生活史中，去建構台灣的歷史。[4]

《八卦山下的詩人——林亨泰》一書是筆者透過詩人與土地、人民的互動，去透視其作品與台灣文學的歷史關係，去建構林亨泰在台灣現代詩史的地位。詩人林亨泰曾居住在八卦山上，於八卦山下的彰化高工任教，與楊守愚、賴賢穎、吳慶堂及筆者等人共事過，大半生圍繞著這座山頭生活；本書考察了詩人的作品與生活環境的關係，八卦山應是詩人心目中，生活與詩的重要意象。[5]

做為一個文學創作者，最高興的事莫過於發現好的寫作題材，或有意去建構時代的歷史，當然這些都會有值得書寫的事件與人物，有令人感動的事實。大文豪托爾斯泰曾說：「藝術就是把你感動的情感，用你的方式去感動別人。」近幾年來，我盡心盡力的為地方撰寫常民生活史，每次走向土地去做訪查，都會發現一些默默為台灣奉獻的人，他們雖然都卑微，大部分兼具強韌的草根性，足以做為人間的典範、文化的標竿。[6]

面對吳聰其這位成功企業家，康原試圖以其畢生奮鬥歷程，見證台灣社會變遷，從常民個人生活史，發展成為家庭、社區乃至台灣社會的生活史，甚至期待歷史學家建構台灣歷史

4 康原，〈從銅牛囤仔到董事長〉，《總裁的故事》自序，彰化：全興文教基金會，2003，頁26-27。
5 康原，〈八卦山與台灣文學〉，《八卦山下的詩人——林亨泰》自序，台北：玉山社，2006，頁4-5。
6 康原，〈喜樂歡笑滿人間〉，《二林的美國媽祖》自序，彰化：彰化縣文化局，2008，頁6。

時，藉此彌補大歷史敘述中未被發現的側面；面對林亨泰這位重要作家，康原則以詩人與土地、人民的互動，連結作品與台灣文學的歷史關係，進而建構詩人在台灣現代詩史上的地位；面對瑪喜樂，更明言係以為地方撰寫常民生活史的觀點，試圖透過那些雖然卑微、卻兼具強韌草根性、默默為台灣奉獻的人物，豎立人間典範、文化標竿。

換言之，康原的人物傳記，仍是其過往曾經投注大量心力之村史、鄉土史、庶民史的延伸，亦即岩上所說的，「文學要從鄉土出發，終歸而落於鄉土」。

二、鄉土史觀點的人物誌

康原的人物傳記，由於存在「從小個人看見大社會」、「為地方撰寫常民生活史」、「藉由這些常民的生活史中，去建構台灣的歷史」的寫作企圖，因此，大量地方歷史文獻、社會常民生活樣態的鋪陳，遂成為勾勒傳主面貌時的必要資料，不過，這些原本位於傳主後方的舞台背景，康原往往忘情的寫成敘事主軸，傳主有時反倒變成次要角色。

事實上，吳聰其（1930～2001）與林亨泰（1924～）都歷經了日本殖民到國府統治的階段，正是所謂「跨越語言的一代」，之後，也都置身冷戰時期戒嚴體制下台灣政治經濟急遽轉換蛻變的過程中；即使遠從美國而來的瑪喜樂女士，其醫療傳道工作，同樣是在一九六〇年代台灣醫療條件相對匱乏的年代展開。康原既以「從小個人看見大社會」為寫作目的，傳主個人的生命歷程與整體社會環境變遷之間，便有著無從分割的密切關係；加上一九四七年出生於彰化漁村的康原，成長階段正是他的傳記人物登場的時刻，那些在傳記中出現的地方歷史文獻與社會常民生活樣態，毋寧是康原個人對台灣歷史探索的展現。如同一九九〇年代尋找烏溪、尋找彰化平原，康原所欲

探索的台灣歷史的原點，必然是他自己「野鳥與花蛤的故鄉」的漢寶村，以及由此輻射而出的地方歷史與常民生活；當他忠於自己的內在追尋，其人物傳記寫作的成果，自然是從鄉土史觀點寫就的人物誌。

接下來，分述三本傳記如何呈現此種寫作企圖。

（一）《總裁的故事》

《總裁的故事》，傳主吳聰其一九三〇年出生，康原則從最遙遠的漢人移民渡海墾拓歷史寫起。

第一章〈同安寮的吳路漢家族〉，以彰化縣福興鄉同安村的鄉土史為起點，遠溯早期平埔族巴布薩（Babuza）馬芝遴社，說明鄰近村落命名由來，繼寫清朝雍正年間漢人陸續入墾

《人間典範全興總裁》以傳主口述為經，交叉訪談為緯，勾勒吳聰其一生的奮鬥歷程。

以至日治時期地方誌略，再寫王爺信仰以及「同安寮十二庄迎媽祖」的民俗活動，包括源起傳說、活動詳細內容、媽祖遶境路線等等，最後帶出吳聰其的出生背景。

　　第二章〈會修理時鐘的矮仔其〉，從一八九五年清朝「馬關條約」割台寫起，寫台灣人的反抗、賴和的反抗詩、台灣民主國的黃虎藍地旗、日人殖民統治的剝削、詩人陳虛谷的抗議詩等歷史人文背景，最後帶出一九三〇年出生的吳聰其的童年生活，其實與一八九五年已然相隔三十五年之久。

　　在《總裁的故事》前二章裡，康原寫同安寮鄉土史、寫日本統治初期台灣人的反抗精神，比重更甚於介紹吳聰其的出身、家世及童年生活。之後各章，透過日本統治末期的志願兵征召、戰後美援對台灣政經的影響，以及農業轉型工業的發展等歷史概述，結合吳聰其一生傳奇性的崛起經歷，使得《總裁的故事》更像一本鄉土史、台灣史的縮影。

　　值得強調的是，《總裁的故事》全書以大量古早童玩、俚語俗諺、地方歌謠貫串，與其說這是一本人物傳記，毋寧是康原式鄉土史書寫的延伸，尤其每章開首，都以俚語俗諺引題，藉此概括全章內容大要，既是吳聰其生活哲學的展現，也是企業文化的濃縮：

　　　　在訪問過程中，發現吳董事長的生活哲學裡，運用了許多台灣俚諺，作為他為人處世的依據，他把台灣的俚諺活化在工作中，運用在管理科學上，塑造出全興關係企業的一種特殊的本土文化精神……因此，在本書的每個章節中，我用一句俗語來引綱挈領，透過這些俗語，也可以看出吳董事長的「台語情懷與俗話因緣」的生命哲學。[7]

7　康原，〈從飼牛囡仔到董事長〉，《總裁的故事》自序，彰化：全興文教基金會，2003，頁20。

由於吳聰其自幼家境貧寒，未受正規學校教育，其人生智慧的體悟，往往來自曲折坎坷的生命歷程，俚語俗諺遂成爲生命哲學的重要啓發，進而成爲全興企業的本土文化精神。俚語俗諺，本是常民生活經驗的累積，因此林明德說這本傳記「既是生命史，也是民間文學」；[8] 據統計，《總裁的故事》全書俚語俗諺與台灣歌謠多達一百四十條，[9] 康原除了展現台灣諺語的草根性和在地性，更藉此勾勒這位企業家的本土形象與鄉土認同，也讓吳聰其的生命經歷與企業經營，與鄉土庶民、社會變遷緊密結合。試看以下這些段落：

> 在單車跑天下的日子裡，矮仔其努力的學習人生的道理，並盡量去體驗工作的樂趣，無怨無悔的過著生活。常常以俗語所講：「蟬欲吱，也著百日勞苦。」來自我安慰，或自勉說：「世間有人坐死，無人做死。」的精神來面對工作。
>
> （〈單騎跑天下的滄桑〉，《總裁的故事》，頁125）

> 每次出差時身上帶一些鈴仔子（零件），重量約二、三十公斤，這種小東西，價格少又零碎，若用郵寄不太方便，一般買方都會付現金，銀貨兩訖，又可給顧客方便，也算是一種額外的服務，那個時候吳聰其總是認爲，做生意就必須以顧客至上，隨時隨地爲顧客著想，台灣有句俗話說：「中主人意，便是好功夫。」也是爲人處事的技巧吧！

8　林明德，〈照見人生大書的智者〉，《人間典範全興總裁》序，康原著，台中，晨星，2007，頁10。

9　李巧薇，〈一枝草，一點露——《總裁的故事》的歇後語、歌謠及諺語分析〉，收錄於《照見人生——總裁的故事迴響》，台中：晨星，2005，頁28。

（〈崑崙村的理想國〉，《總裁的故事》，頁138）

全興股份有限公司於一九六五年成立，那時吳董事長剛好三十六歲，遠渡日本參訪，眼界大開，想到有朝一日定要把全興推向國際舞台，於是想到一句俗話說：「有樣看樣，無樣自己想」，這句話與「他山之石」是相同意義的，於是有機會到國外，一定想辦法去參觀別人的工廠與各種 管理制度。

（〈研究發展與開創新局〉，《總裁的故事》，頁188）

從小失學的吳董事長，在一次閒聊中說：「台灣有一句俗諺說：『佮好人鬥陣有布織，佮壞人鬥陣有子生』。環境常會影響一個人，兒童在成長過程中，若給予好的學習環境，將能啟發兒童的智慧……」這樣的理念，是吳董事長興辦幼稚園的動機。

（〈回饋社會的全興文教機構〉，《總裁的故事》，頁200）

　　康原靈活運用俚語俗諺的寫作技巧，讓《總裁的故事》充滿民間文學的生機與趣味，誠如廖瑞銘所說：「以民間文學的筆調來寫民間產業成長的故事，是再貼切不過了。不但營造人民史觀的精神，也巧妙地保留台灣語言的文學性、記實性與智慧性」；[10]不僅生動鋪陳吳聰其的人生哲學與企業經營之道，更讓台灣俚語俗諺有了新的創意空間，藉由這個寫作平台，召喚孕育自土地的鄉土精神。

（二）《八卦山下的詩人——林亨泰》

10　廖瑞銘，〈台灣移民企業精神的典範——《總裁的故事》評介〉，收錄於《照見人生——總裁的故事迴響》，台中：晨星，2005，頁13。

另一本完成於二〇〇六年的《八卦山下的詩人──林亨泰》，是第一本書寫林亨泰的傳記，以評論賞析林亨泰的詩歌作品爲主軸，寫林亨泰的詩作與鄉土之間的關係。康原雖是以傳記的形式書寫林亨泰，但綜觀全書十六章，康原著墨最多的是林亨泰的詩歌，包括各家評論以及康原自己對這些詩歌的詮釋，特別是屬於鄉土的詮釋。其次，林亨泰跨越日治與國民政府統治，這段期間重要的歷史，如二二八事件、四六事件、白色恐怖、鄉土文學論戰等等，也成爲鋪陳的背景。

林亨泰曾經自述，其一生創作可以分爲三個時期：第一時期：銀鈴會時期，自一九四五年至一九四九年，特色是以日文寫作，滿懷社會改革理念；第二時期：現代詩時期，自一九五二年至一九六四年六月，特色是提出主知的優越性和方法論的重要性；第三時期：笠詩社時期，自一九六四年六月至現在，特色是強調時代性與本土性，同時主張「現代」與「鄉土」並不衝突，相信「現代」的成果必能落實於「鄉土」之上；[11]因此，呂興昌以「始於批判、走過現代、定位鄉土」總結林亨泰的詩歌創作歷程，[12]而這也是康原《八卦山下的詩人──林亨泰》的寫作觀點與基本架構，特別是在「定位鄉土」這個面向；事實上，這本傳記以「八卦山下的詩人」命名，就已經隱含將林亨泰「定位鄉土」的意圖。

相較之下，林巾力稍後完成的《福爾摩沙詩哲林亨

11 林亨泰，〈復張默書〉，《林亨泰全集七·文學論述4》，彰化：彰化縣立文化中心，1998，頁301-302。
12 呂興昌，〈走向自主性的世代：林亨泰詩路歷程簡述〉：「如果說台灣新詩的歷史發展與詩社的興衰分合具有密切關聯，那麼林亨泰從戰前的『銀鈴會』到戰後的『現代詩』，再到『笠詩社』的演變過程，正好是這種關聯的有力見證，可以說，林亨泰『始於批判』『走過現代』『定位本土』的詩路歷程，正好是台灣現代詩史的典型縮影。」原載《自立晚報》，1992.11.08-10；收錄於呂興昌，《林亨泰研究資料彙編 下集》，彰化：彰化文化中心，1994，頁366。

泰》，[13] 則以梳理林亨泰詩歌創作與理論兼具的成就，強調他在「福爾摩沙」時空背景之下的「詩哲」身分。林亨泰歷經「銀鈴會」、「現代派」、「笠詩社」三個創作時期，尤其「現代派」與「笠詩社」，林亨泰都是重要的發起人之一，要處理林亨泰在台灣詩史上的定位問題，勢必要梳理同時代的文學社團的創立理念與彼此間的關係；康原對於現代詩發展脈絡的掌握度有其侷限，轉而朝向所擅長的鄉土史詮釋觀點，也是合理之事。以下試以林亨泰與笠詩社的關係，比較二書差異：

> 隔年（1964）三月八日，中部詩人林亨泰、陳千武、錦連、古貝等人在苗栗卓蘭詩人詹冰的家中討論籌組詩社、出版詩刊的事宜。在過程中，林亨泰提議將詩刊定名爲「笠」，所持理由爲：「笠與皇冠」是一相對的名詞，皇冠代表專制時代的帝王思想，而「笠」代表平民，本意是斗笠，可以禦暑又可以避雨，台灣人很喜歡戴斗笠，這也是台灣農民的象徵。
> 以往文學是屬於貴族的玩藝兒，而林亨泰主張文學應走入民間，獲得與會詩人的贊同……這一年的四月一日，《台灣文藝》創刊了……
> （〈新婚詩人與《笠詩刊》〉，《八卦山下的詩人──林亨泰》，頁127）

正是在《台灣文藝》的鼓舞與刺激之下，幾位寫詩的朋友也醞釀成立一個以台灣詩人爲主體的詩社與詩刊。這個想法很快就有了具體的實踐，陳千武先生將幾位人員串連起來，連同詹冰、錦連、古貝與我共五人，先是在三月初的時候，借詹冰位於卓蘭的住家討論詩刊籌措等事宜。之後

---

13 林巾力，《福爾摩沙詩哲 林亨泰》，台北：INK印刻，2007。

不久，《笠詩刊》終於在同年（一九六四）六月正式出刊了，這不但意味著「台灣」詩人總算擁有了一個完整的詩的活動空間，更重要的是，詩壇又將面臨一個新局面的展開。

《笠》詩刊的命名是來自於我的建議，靈感源自於當時坊間最爲暢銷的雜誌《皇冠》，皇冠的意象是貴族，高不可攀，而爲了突顯詩誌的素樸與本土，因此以台灣傳統生活中爲農村大眾所熟悉的斗笠作爲詩社的集體象徵。其所隱含的意義，也是在於擺脫如「皇冠」般絢麗華美的路線，期待重將台灣的某些在地特質作爲今後創作的方向，而這個名稱也得到了同仁的支持。

但無論如何，以「台灣意象」作爲詩刊名稱的想法，是所有同仁的共識……《笠》詩刊的十二位創辦人各有不同的文學背景，對文學的主張也不盡相同，然而「台灣人」是唯一的共同點。只是如果說，「台灣意識」已經在那個時刻獲得合法的地位並且昂揚高升，恐怕言之尚早。不過，在那艱困而閉鎖的政治環境中，有了這麼一個象徵本土色彩的詩刊，他所帶來的暗示性是富於感染力量的。所以，從這樣的角度來看，十數年後所熱鬧展開的鄉土文學論戰，可以說是在經過了前一個階段的醞釀與潛伏之後，才匯集累積了足夠的爆發能量吧！

（〈笠詩刊〉，《福爾摩沙詩哲林亨泰》，頁166）

從《笠詩刊》創立與命名的過程來看，《笠詩刊》與當時的《台灣文藝》以及《皇冠》雜誌之間，存有一定的辯證影響關係，康原將「皇冠」視爲「專制時代的帝王思想」，「斗笠」視爲「台灣農民的象徵」，而以「主張文學應走入民間」作爲結論，恐怕簡化了林亨泰的原意。林巾力以第一人稱口述

呈現的《福爾摩沙詩哲林亨泰》，在爬梳《笠詩刊》、《台灣文藝》與《皇冠》之間的關係與差異性時，不僅突顯了《笠詩刊》在當時的本土性與「台灣意象」，也賦予林亨泰鄉土文學論戰之前孕育能量之先行者的角色。這是將林亨泰放在「鄉土史」與「詩史」不同脈絡下而導致的詮釋差異。

　　詩作的詮釋，也能顯現立傳者的寫作企圖，試看康原以下這段對林亨泰一九六〇年代作品〈小溪〉所作的理解：

（一九三七年）失去了母親之後，使小小年紀的林亨泰相當茫然，時常一個人到郊外，沿著田野邊的河流漫無目標的走著。鄉間小溪的溪水非常清澈，……林亨泰漸漸喜歡上大自然，也養成了在郊區散步的習慣。

北斗位於濁水溪北面約五公里處，有分流東螺溪貫穿全鎮，北邊則有支流清水溪與田尾為鄰；鄉境本為沖積扇所構成，境內有數條人工排水引道。在早期，河川除了可以用來灌溉外，也是重要的交通網；根據奠安宮的〈嚴禁筏夫勒索示碑〉記載：「……照得東螺西堡北斗街為南北通衢，寶斗大溪及三條圳等處不得不藉筏夫渡載。但筏夫皆貪婪成性，需索多費，以致於行旅維艱，為害不淺……」可見河川對於北斗鎮的重要性。

在林亨泰的童年時代，西螺溪的堤岸已經高築，東螺溪河道也早已萎縮，但小溪依然密布全鎮；清澈的溪水不停的流動，淺水可見底，而岸邊正是林亨泰散步的地方。

有人說：「童年是作家創作的泉源。」這句話可從林亨泰的作品中得到印證，以其五〇年代的作品〈小溪〉為例——

寂靜的日子

水澄清
河底砂上
水淨止
　　魚
　　　和
　　　魚

寂靜的日子
風透明
河畔提上
風凝固
　　草
　　　和
　　　草

詩人記憶中的小溪，潔淨而美麗，在溪邊散步可見到清澄
的溪水。置身在此種情境中，心情是愉悅的，而這也是逃
離孤獨、寂寞的最好方法，或許大自然最能為人舒緩內心
的痛苦。

（〈童年夢迴——東螺溪畔的往事〉，《八卦山下的詩人——林亨泰》，頁20）

　　康原先引述林亨泰一九三七年失去了母親之後，鄉間小溪
給予心靈的撫慰；繼之描繪北斗鎮水路灌溉網絡，再引用〈嚴
禁筏夫勒索示碑〉此類他最擅長的鄉土誌材料，作為這首詩的
理解背景；雖說「童年是作家創作的泉源」，但是，林亨泰的
〈小溪〉，即使是童年記憶中喪母之後撫慰心靈的小溪，也是
時隔二十餘年之後一九六〇年代時空條件下心境的投射，更與
北斗農田灌溉乃至〈嚴禁筏夫勒索示碑〉無必然關係。

當康原將詩作與鄉土史料連結，藉以印證此詩乃作家童年家鄉河流的記憶時，雖然將林亨泰的作品導向呂興昌所說的「定位鄉土」的詮釋架構中，但真正突顯的，還是康原自己藉此所進行的鄉土史料匯整；至於這首詩在形式上所顯現的現代派美學（請以直行排列閱讀）——高低對比的堤岸與溪床，隨波盪漾的水草與游魚——反而被忽略了。

林亨泰一九六〇年代前後的創作，究竟是現代還是鄉土，他於一九九七年接受莊紫蓉專訪時，曾經點出其中的政治因素：

> 《靈魂的產聲》出版後，我停筆了六年，那幾年「戰鬥文藝」當道，我想，與其寫那種詩，不如保持沉默。後來看到紀弦的《現代詩》季刊，介紹一些法國詩人，我似乎抓到了另一種可能性，於是又開始動筆寫作。在白色恐怖時期，很多想寫的詩不能寫，只好寫現代派的詩，當時我是抓住一個「用現代派描寫鄉土」這樣的可能性來寫的。我所寫的那些符號詩，像〈患砂眼的城市〉、〈車禍〉、〈進香團〉等，都是用新的、現代的手法，抒寫現實生活。所以，我的現代派非但沒有脫離現實，而且是落實在實際生活。[14]

林亨泰所說「在白色恐怖時期，很多想寫的詩不能寫，只好寫現代派的詩」，既是當時的限制，也是相隔數十年後的追憶；作為「跨越語言的一代」的林亨泰，以「用現代派描寫鄉土」的方式迂迴抵抗當道的「戰鬥文藝」，既是身處白色恐怖時期書寫鄉土的另類姿態（「不如保持沉默」），同時也是理

---

14 莊紫蓉，〈追求音樂與繪畫的詩境——詩人林亨泰專訪〉，《台灣新文學》第九期，1997。

解〈小溪〉可以參酌的路徑。

　　1955年，林亨泰於八卦山下買屋居住，[15]康原在〈八卦山與《長的咽喉》〉中，引用林亨泰〈八卦禿山〉一文，藉此證明詩人與八卦山的密切關係，這也是「定位鄉土」詮釋觀點的展演：

> 林亨泰常藉著散步的時間，思考有關文學、教育、社會的問題。他曾在〈八卦禿山〉一文寫道：「八卦山曾經是我最熟悉的地方……我就住在這裡的半山腰上。八卦山其實只能算得上是一種極普通，高度不甚大的丘陵地。儘管如此，它還是保有了那份屬於台灣山林的盎然綠意、清新，與恬靜。我習慣在那些曲曲折折的林間小徑散步、思考或閱讀。幾年之後我搬下山去，前後換了兩個地方，離山都不太遠。新搬的家只有聊備一格的庭院，於是，每天或在清晨或在黃昏，我依舊愛到山上去繞繞、走走，就像自家後院裡一樣。」從這段描述中，可以看出詩人的生活與八卦山的密切關係。
>
> （〈八卦山與《長的咽喉》〉，《八卦山下的詩人——林亨泰》，頁123）

　　林亨泰同年（1955）出版《長的咽喉》詩集，康原因此將林亨泰詩集「鄉土組曲」中〈蟬鳴〉、〈賣瓜者的季節〉、〈亞熱帶之二〉、〈黃昏〉等作品的寫作意圖與內涵，與八卦山的自然景致連結，以此說明詩作與鄉土、特別是與八卦山密切的關係；其中關於〈蟬鳴〉如此寫道：

15　康原，〈八卦山與《長的咽喉》〉：「一九五五年六月，因平時把薪水投資於黃金上所獲得的利潤，使林亨泰有能力在八卦山腰上買下一棟房子，地址為彰化市中山里九鄰的中山莊五十二之七號，即位於中山國小後面的山坡。」《八卦山下的詩人——林亨泰》，台北：玉山社，2006，頁115。

林亨泰自從搬到八卦山腰的房子後，就時常在山上散步，走入相思林中，聆聽蟬的鳴叫聲，而寫下了一首名爲〈蟬鳴〉的詩——

是什麼東西
被夾上了？
枝頭上有哭聲！

八卦山上長滿相思樹與樟樹，每逢夏季，就有蟬的鳴叫聲，在蒼翠的樹上呼喊，詩人立刻聯想到是因爲有什麼東西被夾到，蟬才會發出鳴叫的哭聲。同時，這也是表現季節性的詩。夏季是蟬鳴的季節，八卦山是蟬的天地，住在山腰的詩人，當然也要將蟬鳴入詩。
這首詩後來被鏤刻在石頭上，這塊石頭位於彰化市基督教醫院門口靠近南郭國小西邊的旭光路旁。選擇這首詩的理由，是林亨泰曾經住在南郭路上，距離此地不遠；此外，這首詩是出自於詩人在八卦山散步時的靈感，將平常的生活感受寫入詩中，也記錄了當時的情境。
（〈八卦山與《長的咽喉》〉，《八卦山下的詩人——林亨泰》，頁116）

　　康原不僅將詩作與八卦山的蟬聲、相思林、樟樹等自然環境連結，遙想詩人搬到八卦山後蟬聲裡的散步，更聯想到後來成爲文學地景的彰化基督教醫院門前石刻，以突顯這首詩的鄉土意涵，如同他在全書序文中說：「八卦山是彰化人溫馨的意象，林亨泰是台灣文學重要的作家、現代詩史發展的見證者，其詩名當與八卦山相互輝映」；[16] 或許，將林亨泰生平、作品

16　康原，〈八卦山與台灣文學〉，《八卦山下的詩人——林亨泰》自序，台北：玉山社，2006，頁7。

與八卦山地景以及台灣文學、歷史進行串連，才是這本傳記寫作的初衷。

(三)《二林的美國媽祖》

　　這本傳記以「二林的美國媽祖」命名，如同「八卦山下的詩人」，都可視為康原鄉土史書寫手法的延續，因此，人物與環境的關係，尤其彰化地區歷史的徵引，遂成康原寫作重點。開啟全書序幕的「踏話頭」──以台語寫成的〈感受風俗神的詩──送乎喜樂阿嬤〉，就充滿了鄉土性：

　　　　茫茫世界有人咧等待
　　　　細漢騎馬讀冊的
　　　　查某囝仔
　　　　惟華盛頓的摩西湖邊飛過
　　　　來到山明水秀的埔里
　　　　參與醫療的代誌……

　　　　茫茫世界神嘛咧等待
　　　　喜樂來到海邊的所在
　　　　小兒麻痺的囝仔企起來
　　　　香貢貢喜樂麵包烘出來…

　　　　茫茫世界海邊的神
　　　　恬恬聽風俗神的詩
　　　　毋免閣講話喜樂阿嬤
　　　　變成二林的美國媽祖
　　　　袂記伊所做的代誌
　　　　每日笑咳咳等待

海風絲絲飛過感恩的人
心肝內流著敬佩的目屎……

彼一日伊笑微微睏去
神帶著伊行入平安喜樂的路
離開海風冷吱吱的世界……

康原以四段詩歌，道出瑪喜樂一生與濱海小鎮二林的故事，這位美國籍的宣教士，在鮮明的二林鄉土景象中，轉為台灣鄉土阿嬤的形象。

《二林的美國媽祖》道出瑪喜樂一生與濱海小鎮二林的故事。

　　媽祖，又稱天上聖母，是台灣人普遍信仰的神明，與早期移民渡過黑水溝的集體命運相關，康原稱瑪喜樂為「美國媽祖」，係以結合在地信仰的方式，讓畢生奉獻給貧困小兒麻痺患者的外國宣教士瑪喜樂，有了本土化的別號，這當然是鄉土史書寫手法的應用。

　　瑪喜樂在保育院中為院生所做的工作極為繁重，包括生活起居、復健照護、上學讀書、生病就醫，是身兼數職的全面教養：「她視院童如己出，每天親自教院童穿鐵衣鐵鞋，先雙手攙扶學走路，練習自行拄拐杖前進……」，「在保育院的兒童到了入學的年齡，阿嬤還會送小孩入學校讀書；每天這些孩子要上、下課時，為了孩子的安全，她也會去擔任交通導護，站在烈日當空的午間，指揮車水馬龍的車子，照顧自己的院童及上下課的兒童。有時風雨交加的晚上，院童生病了，還要背著院童去醫院看病，從保育院到醫院，常常雨水加上汗水與淚水，阿嬤毫無怨言」；[17]有時，瑪喜樂還會從街上「撿回」流離失所的病患：

　　　　有一次，阿嬤出門看畢業的院童，在街上看到一張似曾相
　　　　識的臉龐，仔細一瞧是喜樂的畢業生。這個孩子叫阿通，
　　　　畢業後從事電子業的工作…沒想到世事無常，這位畢業生
　　　　又流落街頭，行乞的狼狽狀，精神有點失常，使阿嬤心裡
　　　　滴血，又把他帶回來，幫他治病、再供其吃住，繼續保護
　　　　他。

　　　　　　　　　　　　　　　　　　（《二林的美國媽祖》，頁48）

　　除此，康原透過保育院院生以及曾與瑪喜樂共事的工作

17　康原，《二林的美國媽祖》，彰化：彰化縣文化局，2008，頁48。

人員口述回憶，側寫瑪喜樂爲人風範，藉以彰顯其無私奉獻精神：

> 劉佳還説：「教養院經常好幾個院童一起生病，阿嬤都是親自用抱的去看醫生。因此喜樂兩百名院童都和她親近。」
>
> 蔡明岳説：「我除了雙腳無法走動之外，脊髓損傷也很嚴重，雙手臂乏力，因此很難移動身體。所以當年在喜樂保育院時，必須在阿嬤的扶持下，學習走路。當時我們穿著有支架的鞋子，阿嬤站在我的後面，右手抱著我的腹部，左手貼著我的背，用她的腳頂著我的後腳跟，踢著我的腳一步一步的向前走，我的身體軟弱，都是阿嬤扶著我，這樣學走路，有五、六年的時間。我的體能特別差，我寒暑假都必須加強練習，每一次練習阿嬤都揮汗如雨，但她一直以鼓勵的方式勉勵我。那時我就一直想，阿嬤眞是世界上最偉大的人。」
>
> 或許她每天只是一大早起來打開門、打掃四周的環境、接送院生上下課、接待來訪的客人、到寢室幫院生蓋棉被、將多餘的電源關閉等平凡的事，但我學習到一個人一生之所以能偉大，就是由這些小小的事情而來的。

（《二林的美國媽祖》，頁103、135-136、142）

從這些敘述中，吾人看見的瑪喜樂，是扶持者、教養者、關愛者甚而是家務操持者的多重角色，這是一般人對傳統「母親」或「阿嬤」角色的認知模式，同時也符合護佑眾生的媽祖形象。

如同試圖以吳聰其畢生奮鬥歷程見證台灣社會變遷，在《二林的美國媽祖》中，康原也會徵引他所熟悉的地方文史掌

故，雖然這些材料與傳主並無絕對關係；例如第一章〈森林中的喜樂天地〉，以二林作家廖永來及其詩篇〈二林〉作爲開場，但是開頭兩段的第一句話卻是「有一位詩人朋友住在二林，他的名字叫廖永來」，「第一次廖永來到我家時，摩托車的後面綁著一個二林的大西瓜，做爲見面的禮物」，[18]看似突兀的天外一筆，彷彿只因朋友與他摩托車後座的西瓜都來自二林，便可以與「二林的美國媽祖」連上關係。事實上，這樣的寫法在康原三部傳記中經常出現，他總是以自己的視角，連結自己的記憶，以一個眞誠揭露內在自我的拜訪者的姿態，走進傳記主角的世界：

> （廖永來）筆名是廖宸白，早年從事教育並與我們一起寫詩，以文學的手法抗議不公不義，也寫自己土地與人民，他與二林作家洪醒夫一樣，關心自己的土地，也用詩撰寫自己的故鄉，寫二林人的生活。
> 在青少年時代，因喜歡文學，認識了二林的小說家洪醒夫、詩人廖永來……讀了《黑面慶仔》、《田莊人》等系列小說之後……洪醒夫的小說使人了解卑微的人物，生活雖苦卻受到社會的尊重，鄉下人有情有義的精神相當珍貴。
> 還有一位詩人陳明仁，以台語寫詩，有一本詩集《走找流浪的台灣》，阿仁試圖以文學之眼，爲台灣的苦難做見證，藉台語文運動，來解放歷年被中國傳統思想束縛的台灣心靈，來建立新的價值體系，來追求台灣人獨立自由的未來。
> 對二林有更深的認識是讀賴和的詩〈覺悟下的犧牲——寄

---

18 康原，〈森林中的喜樂天地〉，《二林的美國媽祖》，彰化：彰化縣文化局，2008，頁16。

二林同志〉，……

（《二林的美國媽祖》，頁16-24）

　　從廖永來詩篇〈二林〉，寫到洪醒夫鄉土小說《黑面慶仔》、《田莊人》，再延伸到陳明仁台語文寫作精神、賴和為「二林事件」所作的〈覺悟下的犧牲〉，中間穿插二林歷史以及康原自己與二林的情感因緣；這樣的寫作手法顯示，本章寫作重心其實在於二林的人文精神，而且是以賴和為「二林事件」所作的〈覺悟下的犧牲〉所展現的抵抗精神，這又與康原十多年來烏溪、彰化平原、八卦山的寫作主題遙相呼應。

　　這樣的資料徵引，看似與瑪喜樂沒有關係，實際上，洪醒夫《黑面慶仔》、《田莊人》中的鄉土人物，賴和〈覺悟下的犧牲〉裡的二林蔗農，與瑪喜樂照顧的貧困小兒麻痺患者，存在著相同匱乏條件下的共同命運；洪醒夫與賴和文學作品對鄉土庶民的悲憫關懷，同樣展現在瑪喜樂的畢生奉獻上；賴和仁心濟世，經常為底層庶民免費治病，彰化人尊為「彰化媽祖」，逝世後，民間甚至傳聞他當了城隍爺；此外，彰化基督教醫院創建者蘭大衛醫生（David Landsborough），與「美國媽祖」瑪喜樂同為西方醫療宣教士，彰化人以俗諺「南門媽祖宮，西門蘭醫生」推崇他的醫療貢獻，原來，「媽祖」是他們共同的名字。凡此近於神格化卻又非常庶民的感念方式，都是台灣人敦厚鄉土情懷的呈現。

　　從《總裁的故事》到《八卦山下的詩人──林亨泰》、《二林的美國媽祖》，康原的人物傳記寫作，無論是民間俗諺的運用、地方人文的闡發，皆以田野調查精神，蒐集資料，訪談相關人士，以口述歷史方式，建構在地台灣人物圖像，無論是企業家、現代詩人或異國宗教家，康原意在突顯人物的在地性與台灣的本土精神，同時在勵志的背後，藉由歷史文獻強化

時代與社會意義，希冀在常民歷史中，傳承台灣文化，這是探
討三本人物傳記時，應該予以重視的面向。

結語　回溯生命源頭的追尋之旅

　　二十多年來，康原以在地文史工作者的角色，基於身分認同、土地認同的追尋渴望，透過報導文學、台語囡仔歌謠創作、人物傳記等文學形式，進行彰化鄉土書寫，試圖建構彰化人文地圖。

　　從歷史脈絡來看，一九七〇年代後期的鄉土文學論戰與美麗島事件，促使戒嚴體制鬆動；解嚴前後的一九八〇年代，重新認識台灣成為社會大眾和文化知識界的共同趨勢；一九九〇年代以來，台灣主體論述蔚為顯學，透過自然、歷史、人文、社會各種層面的多元探索，新的台灣面貌逐漸浮現；康原的鄉土書寫，是這個時代潮流的分支與成果。

　　綜觀康原的鄉土書寫，大致可分為兩個階段：一九八〇年代後期至二〇〇〇年左右，積極探索彰化地方文史，作品大量產出，從《最後的拜訪》、《一條河的生命史——尋找烏溪》、《尋找彰化平原》、《追蹤彰化平原》，以至後來參與村史撰寫計畫的《野鳥與花蛤的故鄉》，康原展開對自己故鄉多元而全面的踏查，從漢寶村史、烏溪鄉土史、八卦山鄉土史以至於彰化平原鄉土史；從「拜訪」、「尋找」到「追蹤」；從歌謠俗諺的探集、地方掌故的探詢、鄉土耆老的訪談以至於歷史文獻的爬梳、文學菁英的顯影、自然生態的變遷……都在康原自我尋根溯源的熱情與建構地方歷史的使命感中，如變奏曲般，反覆書寫。通過這些作品，烏溪有了生命、八卦山有了

文學歷史的深度、彰化平原有其歷史傳承的精神內涵。康原所型塑建構的人文彰化，是尋常百姓庶民生活的圖像，也是知識菁英文學精神的傳承，更是尋找台灣精神的核心價值。

二〇〇〇年之後，康原的鄉土書寫更趨多元，在先前田野調查與地方文史的基礎上，開始台語囡仔歌謠與人物傳記的創作。民間文學的人文素養，讓他的台語囡仔歌謠，保存了日益消逝的本土文化風采以及屬於台灣農村的堅毅精神，召喚宛如桃花源的純真鄉土記憶；他的人物傳記，以「民間俗諺」寫成功的企業家吳聰其；以「八卦山」意象寫哲學家詩人林亨泰；以「二林媽祖」定位宣教士瑪喜樂；康原意在突顯人物的在地屬性與本土精神，是早期鄉土書寫的延伸，讓彰化的人文歷史更顯豐富。

由鄉土史書寫，進而延伸至教育的傳承，擔任彰化縣社區大學的教師、中央圖書館台灣分館「台灣文化」巡迴演講講師、策劃八卦山文學步道、編著彰化縣文化節導覽手冊等等，無不以建構台灣歷史與型塑台灣精神為己任，從書寫到行動，康原不只是一個努力於田野調查、致力於紀錄書寫的筆耕者，更是一個以行動扎根鄉土的實踐家。

二〇〇四年，康原獲得「第六屆磺溪文學獎特別貢獻獎」，評審委員給予的評語是「文學創作、文史工作、藝文推動」三者集於一身，實乃「不折不扣扎根鄉土的作家」；[1]認識康原的朋友，都聽過他熱情而爽朗的笑聲，都有感於他源源不絕的創作能量，這種熱情與能量，當代地方文史工作者無出其右。

康原的鄉土書寫，既是尋找以土地與庶民為主體的台灣歷史，也是尋找自己可以安身立命的依歸；他為孩童譜寫台語

---

1 陳慶芳編，《磺溪文學獎得獎作品專輯·第六屆》，彰化：彰化縣文化局，2004年，頁12。

囡仔歌謠，宛如鋪陳回溯生命源頭的路徑；他為吳聰其等人作傳，往往連結自己的記憶，真誠而忘情的講述自我；康原的鄉土書寫，不僅重新認識台灣，也重新認識自我。

參考書目

康原著作

康原，1984，《最後的拜訪》，台北：號角出版。

——1984，《鄉音的魅力》，青溪新文藝學會彰化縣分會出版。

——1987，《作家的故鄉》，台北：前衛出版。

——1992，《鄉土檔案》，彰化：彰化縣文化中心出版。

——1994，《台灣囡仔歌的故事一、二》，台北：自立晚報出版。

——1995，《懷念老台灣》，台北：玉山社出版。

——1996，《一條河的生命史——尋找烏溪》，台北：常民文化出版。

——1996，《台灣囡仔歌的故事》，台北：玉山社出版。

——1998，《尋找彰化平原》，台北：常民文化出版。

——1998，編《八卦山文史之旅·礦溪舊情》，彰化：彰化縣文化中心出版。

——1999，《台灣農村一百年》，台北：晨星出版。

——2000，編《影像中的彰化》，彰化：彰化縣文化局出版。

——2000，《彰化縣民間文學十五、十六》，彰化：彰化縣文化局出版。

——2001，《浮光掠影憶彰化》，彰化：彰化縣文化局出版。

——2001，《八卦山》台語詩歌集，彰化：彰化縣文化局出版。

——2002，《台灣囡仔歌謠》，台中：晨星出版。

——2003，《彰化半線天》，彰化：彰化縣文化局出版。

——2003，《總裁的故事》，彰化：全興文教基金會出版。

彰化學

－2004，《花田彰化》，台北：愛書人雜誌出版。

－2005，《野鳥與花蛤的故鄉》，彰化：彰化縣文化局出版。

－2006，《八卦山下的詩人・林亨泰》，台北：玉山社出版。

－2006，《台灣囝仔的歌》，台中：晨星出版。

－2007，《大師的視界・台灣》，台中：晨星出版。

－2007，《人間典範全興總裁》，台中：晨星出版。

－2008，《二林的美國媽祖》，彰化：彰化縣文化局出版。

－2008，《追蹤彰化平原》，台中：晨星出版。

－2010，《逗陣來唱囝仔歌》三冊，台中，晨星出版。

其他著作

吳晟，2002，《筆記濁水溪》，台北：聯合文學出版。

呂興昌，1994，《林亨泰研究資料彙編》，彰化：彰化文化中心出版。

林巾力，2007，《福爾摩沙詩哲林亨泰》，台北：INK印刻出版。

林央敏，1997，《台語文學運動論集》，台北，前衛出版。

林美容

　　－1996，《台灣文化與歷史的重構》，台北，前衛出版。

　　－2000，《鄉土史與村庄史》，台北，台原出版。

林明德編，2005，《照見人生——總裁的故事迴響》，台中：晨星出版。

林文義，1994，《母親的河》，台北：台原出版。

邱貴芬

　　－1997，《仲介台灣・女人：後殖民觀點的女性閱讀》，台北，元
　　　　尊文化出版。

　　－2003，《後殖民及其外》，台北，麥田出版。

夏春祥，2001，〈文化象徵與集體記憶競逐〉，收錄於盧建榮主編之《文
　　　　化與權力：台灣新文化史》，台北，麥田出版。

陳芳明

　　－2002，《後殖民台灣》，台北，麥田出版。

─2004，《殖民地摩登》，台北，麥田出版。

陳慶芳編，2004《磺溪文學獎得獎作品專輯・第六屆》，彰化：彰化縣文
　　化局出版。

張炎憲、李筱峯、戴寶村主編，1996，《台灣史論文精選》，台北，玉山
　　社出版。

楊素芬，2001，《台灣報導文學研究》，台北：稻田出版。

康原等，1999，《六○年代台灣囡仔──童顏童詩童歌》，彰化，彰化縣
　　文化局出版。

鄭良偉編注，1990，《台語詩六家選》，台北，前衛出版。

葉石濤，1991，《台灣文學史綱》，高雄，文學界雜誌社出版。

蕭蕭，2007，《土地哲學與彰化詩學》，台中：晨星出版。

論文

向陽，2005，〈再現現實：談報導文學的寫作〉，人間福報，2005/11/6

杜正勝，1997，〈鄉土史與歷史意識的建立〉收錄於《國立中央圖書館台
　　灣分館館刊》第三卷第四期，1997，頁1-9。

林美容，1990，〈彰化媽祖的信仰圈〉，中央研究院民族學研究所集刊
　　68:41-104。

林淇瀁，1998，〈從民間來、回民間去：以台語詩集《土地的歌》為例論
　　民間文學語言的再生〉，「民間文學與作家文學學術研討會」，台
　　灣省政府文化處・台中縣文化中心主辦，清華大學中文系承辦，
　　1998.11.22。

林愛娥，2007，《康原及其鄉土史書寫之研究》，國立中興大學中國文學
　　所碩士論文。

陳昭瑛，1995，〈論台灣的本土化運動──一個文化史的考察〉，《中外
　　文學》273。

許綺玲，2001，〈台灣攝影與『中國』符號初探〉，收錄於劉紀蕙主編之
　　《他者之域》，台北，麥田出版。

章綺霞，2005，〈建構烏溪鄉土史：論《一條河的生命史——尋找烏溪》的鄉土史書寫〉，《台灣史料研究》第25號。

須文蔚，1996，〈報導文學在台灣，1949-1994〉，《新聞學研究》第五十一期，政大新聞研究所，1996年7月

莊紫蓉，1997，〈追求音樂與繪畫的詩境——詩人林亨泰專訪〉，《台灣新文學》第九期。

周素珍，2008，《吟唱土地的聲音——康原台語詩歌研究》，國立台東大學兒童文學所碩士論文。

鄭縈·陳雅雯，2005，〈台灣閩南語子義詞「囝」、「囡」、「仔」、「兒」的比較〉，《台灣語言與語文教育》第六期，國立新竹教育大學台灣語言與語文教育研究所發行，2005.12。

蕭蕭，1981，〈鄉疇與鄉愁的交替——論近十年中國詩壇風雲〉，《陽光小集》第5期。

畫冊

不破章，2005，《不破章水彩畫集》，彰化頂新和德文教基金會出版。

余燈銓，2009，《快樂地余燈銓雕塑集》，新竹，中華大學藝文中心出版。

網路資料

博客來書店網頁（康原，《逗陣來唱囡仔歌：台灣歌謠動物篇》）：http://www.books.com.tw/exep/prod/booksfile.php?item=0010461540，（2010.08.06擷取）

附錄：康原寫作年表與著作

（根據周素珍《吟唱土地的聲音——康原台語詩歌研究》論文之附錄增補）

1970	出版《星下呢喃》散文集（現代潮出版社）
1976	出版《霧谷散記》散文集（大昇出版社）
1978	出版《煙聲》散文集（水芙蓉出版社）
1979	出版《生命的旋律》散文集（彩虹出版社）
	與碧竹合編《卦山春曉》散文集（水芙蓉出版社）
1981	《大家文學選》散文集（明光出版社）
	與王灝合編《大家文學選——散文卷》（梅華出版社）
1982	自印《眞摯與激情》散文集
1983	出版《一頁一小詩 5》詩集（水芙蓉出版社）
1984	出版《明亮的眸》散文集（水芙蓉出版社）
	編著《鄉音的魅力》論集（青溪新文藝學會彰化縣分會）
	出版《論文全壘打》文集（全友出版社）
	出版《最後的拜訪》散文集（號角出版社）
	編輯《稚嫩的聲音》（彰化高工）
	編輯《迷航的青春》散文集（晨星出版社）
1985	《開放的心靈》散文集（晨星出版社）
	編輯《彰化鄉土詩畫集——慶祝台灣光復四十週年暨七十四年台灣區運動會》（彰化縣立文化中心）
1986	出版《記憶》散文集（晨星出版社）
1987	出版《作家的故鄉》報導文學（前衛出版社）

1991	出版《佛門與酒國》散文集（派色出版社）
	出版《歷史的腳步》散文集（彰化縣立文化中心）
1992	出版《磺溪文學——彰化縣作家作品集（第一輯）鄉土檔案》評論集（彰化縣立文化中心）
	出版《文學的彰化——彰化縣新文學作家小傳》（彰化縣立文化中心）
1994	出版《台灣囡仔歌的故事 1.2》（自立晚報）榮獲年度金鼎獎，優良讀物獎
	出版《說唱台灣詩歌》演講集（台灣區域發展研究院）
1995	出版《懷念老台灣》散文集（玉山社）
1996	出版《歡笑中的菩提》散文集（健行出版社）
	出版《台灣囡仔歌的故事》（玉山社出版公司）榮獲85年金鼎獎優良讀物獎
	出版《尋找烏溪——一條河的生命故事》報導文學（常民文化）
	出版《芳苑鄉志文化篇》（彰化縣芳苑鄉公所）
	編輯《種子落地 1》（晨星出版社印行或賴和文教基金會出版）
1997	編輯《種子落地 3》（賴和文教基金會）
	編輯《尋找台灣精神》（賴和文教基金會）
1998	出版《尋找彰化平原》報導文學（常民文化）
	出版《台灣農村一百年》散文集（晨星出版社）
1999	與路寒袖等人共同創作《六〇年代台灣囡仔——童顏童詩童歌》台灣囡仔歌詩歌（彰化縣文化局）
	出版《八十八年度彰化縣文化節——八卦山文史之旅——磺溪舊情》文集（彰化縣文化局）
	編輯《彰化縣文化休閒導覽手冊》文集（彰化縣文化局）
	編輯《社區的魅力——永樂、頂番、馬興、桃源》文集（彰化縣文化局）
	編輯《在地視野島嶼情》文集（常民文化）

2000	出版《囡仔歌教唱讀本附CD》（晨星出版社）
	出版《烏日鄉志・文化篇》（台中縣烏日鄉公所）
	編輯《彰化縣老照片特輯（二）——影像中的老彰化》（彰化縣文化局）
	出版《彰化市之美》（彰化縣彰化市公所）
2000	與施福珍共同採集《彰化縣民間文學集15.16》（彰化縣文化局）
2001	主編《磺溪文學——彰化縣作家作品集（第九輯）八卦山》台語詩歌集（彰化縣文化局）
	編輯《台中縣作家作品選集》（台中縣文化局）
	出版《中華兒童叢書——漢寶園之歌》（教育部） 出版《中華兒童叢書——賴和與八卦山》（教育部）
	編輯《台灣文學讀本——兒童文學卷》（台中縣文化局）
	出版《中華兒童叢書——賴和與八卦山》（教育部）
2002	主編《烏溪的交響樂章》（中國時報文教基金會）
	出版《台灣囡仔歌謠・附CD》（晨星出版社）
	出版《彰化縣民間文學集（17）線西伸港福興地區》（彰化縣文化局）
	出版《彰化縣民間文學集（18）芬園花壇秀水地區》（彰化縣文化局）
	出版《彰化縣老照片特輯（三）——浮光掠影憶彰化》（彰化縣文化局）
2003	出版《彰化半線天》（紅樹林出版社）
	出版《彰化縣民間文學集（19）員林大村埔心地區》（彰化縣文化局）
	出版《彰化縣民間文學集（20）北斗田尾社頭地區》（彰化縣文化局）
	主編《萃雅彰化・磺溪常新》（總統府地方文化展專書）（彰化縣文化局）
	出版《總裁的故事》傳記（全興文教基金會） 出版《烏日鄉志・文化篇》（烏日鄉公所）

2004	出版《愛情籤仔店：24首最具聲韻之美》（晨星出版社）
	主編《彰化縣地方文物館家族導覽手冊》（彰化縣文化局）
	主編《彰化縣國民中小學台灣文學讀本——兒童文學（上、下）》（彰化縣文化局）
	出版《花田彰化》文集（愛書人出版・文復會策劃出版） 主編《彰化孔廟》（彰化文化局） 出版《每一句話都是紅玫瑰》（建行出版社）—原書名《歡笑中的菩提》
2005	出版《野鳥與花蛤的故鄉》（彰化縣文化局） 主編《台灣文學日日春》（晨星出版社） 出版《不破章水彩畫集（台語詩集）》（頂新文教基金會）
2006	出版《八卦山下的詩人・林亨泰》（玉山社） 主編《台灣文學半線情》（晨星出版社） 出版《台灣囡仔的歌》（晨星出版社） 主編《八卦山巔浮雲白》（晨星出版社） 編撰《鹿港工藝地圖》（彰化縣文化局）
2007	主編《大師的視界・台灣》（晨星出版社） 出版《人間典範全興總裁》（晨星出版社）
2008	出版《追蹤彰化平原》（晨星出版社） 出版《歷史與現實的啄木鳥——林雙不作品研究》（晨星出版社） 出版《二林的美國媽祖》（彰化縣文化局） 主編《西岸風華醉波濤》（晨星出版社）
2009	出版《台灣童謠園丁——施福珍兒歌研究》 出版《快樂地余燈銓雕塑集》（中華大學藝文中心）
2010	出版《台灣玻璃新境界》（晨星出版社） 出版《逗陣來唱囡仔歌Ｉ—台灣動物歌謠篇》（晨星出版社） 與施福珍合著出版《囡仔歌——大家來唱點仔膠》（晨星出版社） 出版《逗陣來唱囡仔歌Ⅱ——台灣民俗節慶篇》（晨星出版社） 出版《清靜雲來見初日》（彰化社區大學） 出版《逗陣來唱囡仔歌Ⅲ——台灣童玩篇》（晨星出版社） 出版《逗陣來唱囡仔歌Ⅳ——台灣植物篇》（晨星出版社）

國家圖書館出版品預行編目資料

追尋心靈原鄉——康原的鄉土書寫研究／章綺霞著.
——初版.——台中市：晨星，2010.11
面；　公分.——（彰化學叢書；29）
參考書目:面

ISBN　978-986-177-451-0（平裝）

1.康原 2.學術思想 3.台灣文學 4.鄉土文學 5.文學評論

863.2　　　　　　　　　　　　　　　99021941

彰化學叢書
029

追尋心靈原鄉
——康原的鄉土書寫研究

作者	章 綺 霞
主編	徐 惠 雅
排版	王 廷 芬
總策畫	林 明 德 ‧ 康 原
總策畫單位	彰 化 學 叢 書 編 輯 委 員 會

發行人	陳銘民
發行所	晨星出版有限公司
	台中市407工業區30路1號
	TEL：04-23595820　FAX：04-23597123
	E-mail：morning@morningstar.com.tw
	http：//www.morningstar.com.tw
	行政院新聞局局版台業字第2500號
法律顧問	甘龍強律師
承製	知己圖書股份有限公司　TEL：（04）23581803
初版	西元2010年12月10日

總經銷	知己圖書股份有限公司
	郵政劃撥：15060393
	（台北公司）台北市106羅斯福路二段95號4F之3
	TEL：（02）23672044　FAX：（02）23635741
	（台中公司）台中市407工業區30路1號
	TEL：（04）23595819　FAX：（04）23597123

定價 250 元
ISBN　978-986-177-451-0
Published by Morning Star Publishing Inc.
Printed in Taiwan
版權所有，翻譯必究
（缺頁或破損的書，請寄回更換）

◆ 讀 者 回 函 卡 ◆

以下資料或許太過繁瑣，但卻是我們了解您的唯一途徑
誠摯期待能與您在下一本書中相逢，讓我們一起從閱讀中尋找樂趣吧！

姓名：_____　別：□ 男　□ 女　　生日：　　/　　/

教育程度：_____

職業：□ 學生　　　□ 教師　　　□ 內勤職員　　□ 家庭主婦
　　　□ SOHO族　　□ 企業主管　　□ 服務業　　　□ 製造業
　　　□ 醫藥護理　　□ 軍警　　　□ 資訊業　　　□ 銷售業務
　　　□ 其他 _____

E-mail：_____　　聯絡電話：_____

聯絡地址：□□□ _____

購買書名：追尋心靈原鄉——康原的鄉土書寫研究

‧本書中最吸引您的是哪一篇文章或哪一段話呢？_____

‧誘使您購買此書的原因？

□ 於 _____ 書店尋找新知時　□ 看 _____ 報時瞄到　□ 受海報或文案吸引

□ 翻閱 _____ 雜誌時　□ 親朋好友拍胸脯保證　□ _____ 電台DJ熱情推薦
□ 其他編輯萬萬想不到的過程：_____

‧對於本書的評分？（請填代號：1. 很滿意 2. OK啦！ 3. 尚可 4. 需改進）

面設計 _____　版面編排 _____　內容 _____　文／譯筆 _____

‧美好的事物、聲音或影像都很吸引人，但究竟是怎樣的書最能吸引您呢？

□ 價格殺紅眼的書　□ 內容符合需求　□ 贈品大碗又滿意　□ 我誓死效忠此作者
□ 晨星出版，必屬佳作！□ 千里相逢，即是有緣 □ 其他原因，請務必告訴我們！

‧您與眾不同的閱讀品味，也請務必與我們分享：

□ 哲學　　□ 心理學　□ 宗教　　　□ 自然生態　□ 流行趨勢　□ 醫療保健
□ 財經企管 □ 史地　　□ 傳記　　　□ 文學　　　□ 散文　　　□ 原住民
□ 小說　　□ 親子叢書 □ 休閒旅遊　□ 其他 _____
以上問題想必耗去您不少心力，為免這份心血白費

請務必將此回函郵寄回本社，或傳真至（04）2359-7123，感謝！
若行有餘力，也請不吝賜教，好讓我們可以出版更多更好的書！
‧其他意見：

晨星出版有限公司 編輯群，感謝您！

請填妥後對折裝訂，直接投郵即可，免貼郵票。

廣告回函
台灣中區郵政管理局
登記證第267號
免貼郵票

407
台中市工業區30路1號

晨星出版有限公司

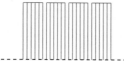

請沿虛線摺下裝訂，謝謝！

更方便的購書方式：

（1）網站：http://www.morningstar.com.tw
（2）郵政劃撥　帳號：15060393
　　　　　　　戶名：知己圖書股份有限公司
　　　請於通信欄中註明欲購買之書名及數量
（3）電話訂購：如為大量團購可直接撥客服專線洽詢

◎ 如需詳細書目可上網查詢或來電索取。
◎ 客服專線：04-23595819#230　傳真：04-23597123
◎ 客戶信箱：service@morningstar.com.tw